Las huellas del Diablo

Las huellas del Diablo

E. E. Richardson

Traducción de
Roser Berdagué

Rocaeditorial

Título original: *The Devil's Footsteps*
© 2005 E. E. Richardson
First Published in Random House Children's Books

Primera edición: marzo de 2006

© de la traducción: Roser Berdagué
© de esta edición: Roca Editorial de Libros, S.L.
Marquès de l'Argentera, 17. Pral. 1.ª
08003 Barcelona
correo@rocaeditorial.com
www.rocaeditorial.com

Impreso por Brosmac, S. L.
Carretera Villaviciosa - Móstoles, km 1
Villaviciosa de Odón (Madrid)

ISBN 10: 84-96544-19-2
ISBN 13: 978-84-96544-19-2
Depósito legal: M. 3.736-2006

A mis padres y a David

Uno

«*U*no es fuego, dos es sangre...»

—¡Venga, Bryan!

«Tres tormenta y cuatro agua...»

—Pero ¿de qué diablos tienes miedo?

«Cinco es ira, seis rencor...»

—No irás a decirme que crees en esas chorradas...

«Siete es miedo, ocho es horror...»

—¿Crees que se aparecerá el Oscuro y me llevará con él?

«Nueve es pena, martirio es diez...»

—¡Vaya juego estúpido!

«Once es muerte, doce vida otra vez...»

—Es una canción de críos.

«Trece pasos hasta la casa del Oscuro.»

—¿Sabes de alguien que haya muerto por una canción de críos, Bryan?

«De allí no volverás, esto es seguro.»

«¡Adam!»

Bryan se despertó como siempre, con un grito que, en realidad, no sonó. El sudor había pegado su cuerpo a las sábanas de algodón. Era pleno verano, la hierba estaba reseca y hasta el cemento quemaba al tacto, incluso en la sombra. Sin embargo, Bryan estaba temblando.

Los temblores siempre aparecían en verano.

La gente consideraba mal tiempo el invierno, cuando uno se arrebuja debajo de las mantas y se esconde de las cosas malas del exterior. Pero lo que ocurre, en realidad, es que el invierno es triste y oscuro. El tiempo tiene que ser luminoso y soleado para que las sombras sean más negras.

Cuando empezaba el calor era cuando sentía la presencia del Oscuro. Era la época del año que le cuadraba. El sol en el cielo, los pájaros en los árboles y el Oscuro en la sombra.

Había querido convencerse una vez y otra de que eran imaginaciones suyas, recuerdos deformados. No tenía más que ocho años cuando ocurrió; ahora tenía trece. No era más que un niño y el cerebro lo había engañado y le había hecho ver al Oscuro porque era a eso a lo que jugaban. Aun así, en realidad, Las huellas del Diablo sólo eran piedras y el Oscuro no se había llevado a Adam.

Cuando Bryan se decía estas cosas era la voz de Adam la que oía. Adam que se reía, que se burlaba, que se mofaba de su hermano porque no había terminado la canción y había escapado a todo correr antes de llegar al paso número trece. Adam se mofaba del Oscuro.

¿Qué importaba que creyeras o no en la leyenda? El hecho era que Adam había desaparecido.

Todos se reían cuando les mentabas al Oscuro. Un mito local, el coco para los niños. ¡El Oscuro de Redford! ¡Vaya memez, una historia para críos! Todos se reían. Y todos, arropándose en sus chaquetas, decían: «¿Hace frío ahí dentro? Se prepara un mal invierno». Bryan hubiera querido advertirles de que no era el invierno lo que había que vigilar.

Se secó el sudor frío y salió de la cama. No por temer al Oscuro te perdonarían un día de escuela; ni siquiera la desaparición de un hermano había sido razón suficiente hacía cinco años, cuando todo ocurrió.

Sus padres ya estaban abajo preparando el desayuno y hablando en voz baja. Todo tranquilo, todo normal. No obstante, si uno hubiera visto la casa cinco años atrás, se habría dado cuenta de que algo había cambiado, de que allí faltaba algo. Algo que habría debido estar presente se había deslizado en la noche y desaparecido junto con Adam. Aunque sus padres conversaran, Bryan sabía que ninguno de los dos atendía a la conversación.

La mesa del comedor tenía cuatro sillas y, dondequiera que uno se sentase, estaba presente siempre el fantasma de Adam. Bryan se sirvió un cuenco de cereales Cheerios y se los comió sentado en el brazo de una butaca del salón comedor. El rostro de Adam le sonreía desde las fotografías. Aquéllas eran mejor que las otras, las posteriores, las que tenían un hueco con la forma de Adam.

Las sonrisas parecían las mismas. Incluso la suya. Para Bryan eso era precisamente lo más lúgubre, que todo pareciera igual y que nadie se diera cuenta; que en el núcleo de su familia pudiera existir aquel enorme desaguisado y que nadie lo advirtiera.

Por esa razón tenía prisa por salir. Aunque fuera verano y tal vez el Oscuro estuviera esperándolo. Aun así, mejor estar fuera, porque estar en casa era como permanecer en una cripta donde alguien hubiera olvidado notificar a sus ocupantes que estaban muertos.

Cuando caminaba, contaba los pasos. Lo hacía siempre. No sabía cómo no hacerlo.

Uno es fuego... Dos es sangre... Tres tormenta... y cuatro agua.

Las huellas del Diablo era una de esas cantinelas infantiles, de esas diversiones que todos conocían sin que nadie supiera, en realidad, quién había sido el inventor. Era un juego, una prueba de valentía. El paso en el que te parabas te decía cómo morirías.

«Cinco es ira... Seis rencor... Siete es miedo... Ocho es horror.»

No obstante, en un sitio del bosque, o por lo menos eso decía la leyenda, estaban las verdaderas huellas del Diablo: unas piedras en hilera que no llevaban a ninguna parte. Si las pisabas al tiempo que cantabas el poema, en cuanto llegabas a la decimatercera huella, al paso número trece, salía el Oscuro y se te llevaba.

Así fue cómo él y Adam se toparon con él. Él tenía ocho años y creía que aquello era verdad. Sus nervios se vinieron abajo al llegar a la huella número once y saltó de la piedra en la que se encontraba para volver al principio, porque el Oscuro le daba mucho miedo. Adam tenía diez años y no creía en aquellas cosas: los niños de diez años no tienen tiempo que perder con juegos tan tontos como el de Las huellas del Diablo. Aun así, quería demostrar a Bryan que su actitud era infantil, y por eso siguió adelante hasta la huella número trece.

Después, como es lógico, vinieron los boletines de noticias, los carteles colgados de los árboles y los policías tranquilos y pacientes que querían que les describiera a aquel «Oscuro»; querían que les hablara de la persona que se había llevado a su hermano. Hubo patrullas que, de una forma metódica, escudriñaron los bosques, los recorrieron paso a paso sin perderse nada.

Nadie encontró nunca aquellas trece piedras que formaban un camino. Ni nadie tampoco encontró a Adam.

Sin embargo, la vida continuó. En aquel lejano verano no lo había creído posible, pero la vida siguió adelante. Llegó septiembre y la escuela volvió a empezar. Y allí estaba él, de nuevo en el colegio, pero sin Adam. Allí estaba, con nueve años, mientras que Adam estaba congelado en el tiempo desde hacía cinco y siempre tendría diez años.

Aun así, en cierto modo, esto había ayudado. Redford High era para él una escuela nueva. Adam no había recorrido nunca sus pasillos, allí no había fantasmas que siguieran a Bryan. Entre la multitud de estudiantes, una muchedumbre de chicos y profesores que el Bryan de ocho años jamás hubiera podido imaginar, no había sitio para el Oscuro. A él no le gustaban las multitudes.

Bryan llegó temprano, como siempre, y se dirigió a la biblioteca para esperar, solo, a que sonara el timbre. No era que en la escuela se encontrara especialmente solo o aislado, los compañeros hablaban con él y viceversa, pero jamás buscaba la compañía de nadie. Cuando era más pequeño siempre estaba cerca de su hermano, pero, desde su desaparición, no había tratado de llenar aquel vacío. No quería llevar amigos a su casa porque estaba contaminada, ni quería tampoco visitar la casa de nadie porque, de haberlo hecho, habría adquirido más conciencia de lo que faltaba en la suya.

No sabía cuántos chicos podían estar enterados de su tragedia familiar. Cinco años era mucho tiempo y sólo un puñado de los que frecuentaban la escuela primaria habían pasado también a esta nueva escuela. Sin embargo, parecía como si, en cierto modo, estuvieran al corriente de la situación y quisieran dejarlo solo si ése era su deseo. Y los profesores lo mismo: no trataban nunca de atraerlo al núcleo del grupo ni de incitarlo a hablar del asunto. Tal vez fuera un rasgo peculiar de la ciudad de Redford, como si la gente de allí no quisiera insistir en aquel tipo de cosas o como si temiera desenterrar algo que era mejor que permaneciera enterrado.

Fue, por tanto, insólito, por no decir absolutamente inaudito, que Smokey entrara en la biblioteca pisándole los talones y se sentara enfrente de él.

Stephen Bacon, un chico bien parecido con la piel de color de chocolate y de complexión atlética, había aceptado el inevitable apodo mucho antes de que Bryan lo conociera, aunque reivindicaba su individualidad al insistir en deletrearlo con una «e», cuando la intención de sus compañeros era llamarlo «Smoky», ahumado en inglés, en referencia al

13

color de su piel. Era un chico tranquilo, hablador; ni un cerebrito ni tampoco un camorrista y, sin duda alguna, ni mucho menos, un marginado que se viera obligado a buscar por compañero a un tipo como Bryan Holden.

—Bryan, ¿puedo hablar un momento contigo? —En su voz se percibía una sombra de vacilación.

Bryan parpadeó y apartó a un lado el libro que leía.

—Claro que sí, Smokey, ¿qué pasa?

Él y Smokey asistían juntos a algunas clases, pero rara vez intercambiaban más palabras que un simple «hola».

—Pues... mmm... —Smokey se restregó la frente con gesto torpe—. He pensado decirte una cosa... porque no sé a quién más decírsela.

Aun en contra de su voluntad, Bryan se sintió intrigado.

—¿Decirme qué? —preguntó inclinándose hacia delante con aire de extrañeza.

El silencio de la biblioteca vacía a aquella hora de la mañana añadía una nota de conspiración a la conversación a media voz.

—Pues... —Smokey retiró ligeramente la silla de la mesa como si así quisiera eliminar la dificultad que le suponía encontrar las palabras exactas—. ¡Ostras, creí volverme loco! —Seguía frotándose la frente, como si sólo de pensar en aquello le diera dolor de cabeza—. Pero es que después..., anoche... Anoche vi algo. En la estación. Sé que lo vi. —Se interrumpió y se miró los dedos como si hablara de algo ocurrido hacía mucho tiempo. De pronto levantó la vista y fijó los ojos en Bryan—. Lo vi, Bryan. Vi al Oscuro.

Dos

*E*n un primer momento que pareció eterno, Bryan intentó averiguar si se trataba de una broma pesada, una forma de avergonzarlo y humillarlo por la historia que había contado a la policía hacía tantísimo tiempo sin volverse nunca atrás. Pero ¿para qué, después de tanto tiempo?

Al parecer, Smokey tomó el silencio por incredulidad o tal vez fuera que, ahora que se había forzado a hablar, ya no podía parar. Continuó, trabucándose a veces, con los ojos clavados en la mesa como si no quisiera levantarlos e intentando ver qué podía pensar Bryan.

—Es esta ciudad... Aquí hay algo..., algo que no es como debería ser, aunque nadie se da cuenta. O quizá todos se dan cuenta y hacen ver que no. Aquí... Es que no lo entiendo. —Movió la cabeza con furia—. Aquí las cosas... están fuera de sitio. Yo antes no vivía en Redford. Hace dos años que vinimos a vivir aquí. La otra ciudad donde viví no era así. —Volvió a restregarse la frente, por lo visto era un gesto nervioso—. Como..., como si todos tuvieran miedo todo el rato. Quizá no sea miedo... Como si estuvieran muy nerviosos o pensasen que puede ocurrir algo malo de un momento a otro. Y de hecho ocurre. —Smokey se arriesgó a mirar un breve instante los ojos de Bryan—. Como lo de tu hermano.

Bryan no respondió. Él ya sabía todas aquellas cosas y pensaba en ellas a menudo, pero aquélla, que recordase, era la primera vez que alguien las decía en voz alta, suponiendo que pudiera decirse que hablaban de ese modo, puesto que, en realidad, lo hacían en susurros, en mitad de la biblioteca vacía.

Smokey suspiró y soltó una bocanada de aire.

—Todo empezó... Si debo ser sincero diré que todo empezó en cuanto llegué aquí. Primero creí que era porque era... un sitio nuevo, ¿sabes? Un lugar que daba miedo porque podías perderte, no conocías a nadie. —Soltó una risita sin el menor resto de humor—. Un par de veces... o más de un par de veces, he vuelto a casa corriendo más que el Correcaminos, como si tuviera que ganar una carrera y, si me hubieras preguntado de qué huía, no habría sabido decírtelo.

Bryan sabía de qué le hablaba. Aunque él no corría sólo cuando volvía a casa, sino siempre. Tal vez en otro tiempo su casa se le había antojado un lugar seguro, pero ya había dejado de serlo.

—En fin, que empecé a pensar que todo era cosa mía —continuó Smokey—, que debía de estar paranoico o algo así, pero anoche... —Suspiró. Cuando finalmente volvió a hablar, su voz fue apenas un murmullo—. Lo de anoche no fueron imaginaciones.

Bryan se inclinó hacia delante, sintió el pecho atenazado por una curiosidad nerviosa y agarró a Smokey por la manga de la camisa.

—¿Qué viste? —le preguntó en voz baja.

Smokey se hundió en la silla.

—Volvía a casa con mi hermana pequeña. Tengo que acompañarla a clase de natación. En realidad, tengo que acompañarla a todas partes..., sólo tiene nueve años... Así que me paré a comprar unas bebidas en la tienda de la estación. Bueno, a lo que iba, salí y de pronto fue como si todo se hubiera quedado desierto; no veía a Nina en ningún sitio. —Parecía incómodo—. Me entró un pánico... —Soltó un bufido y movió la cabeza, como quien quiere asegurarse de que se burlará de sí mismo antes de que otro se burle de él—. Una bobada, ya lo sé.

—No, no es una bobada —dijo Bryan con voz apenas audible, mientras se acordaba de Adam.

Esta vez no fue turbación lo que hizo que Smokey apartara rápidamente la mirada cuando se encontraron sus ojos.

—En fin... —tragó saliva con aire torpe—... que me entró más pánico de lo normal y entonces vi algo en la esquina que se movía... ¿Sabes dónde digo? Allí donde hay hierba, en la parte de atrás; donde hay montones de ladrillos viejos y otras mierdas.

—Sí, ya sé —asintió Bryan en voz muy baja. En cualquier caso, desde hacía un tiempo no le daba por ir a la estación, pero aquel pequeño descampado, un solar abandonado, le producía una extraña sensación: la de que aquél era uno de los sitios frecuentados por el Oscuro; había que pensárselo dos veces antes de visitarlo—. No acostumbro a ir por allí —dijo.

Smokey, nervioso, se lamió los labios.

—Bueno, pues eso, vi algo que se movía... en la esquina. Y pensé que... sería Nina; pero al mismo tiempo sabía que no era Nina, aunque quise acercarme y comprobarlo con mis propios ojos y... —Hizo una pausa—. Me acerqué a la esquina y fue como si el aire se espesase; después di la vuelta a la esquina y vi aquella..., aquella sombra...

Descansó un rato la frente en la palma de la mano.

—No puedo... Ahora que te lo cuento, me doy cuenta de que no fue mucho lo que vi; pero sé que estaba allí. No es que rondase por allí, como siempre, sino que estaba allí de verdad. Fue como sentir todos los estremecimientos que he tenido en la vida..., pero todos juntos, a la vez.

Bryan habló como si llevara horas callado.

—Pero no te cogió.

17

Smokey suspiró ruidosamente.

—¡No, no! —repitió con firmeza—. Fue como..., como si yo estuviera hipnotizado. Seguí adelante, pese a saber que tendría que haber escapado; debería haber huido..., pero entonces... —Se encogió de hombros y cambió de tono—. Entonces, apareció un tío por la esquina y gritó: «¡Eh, tú, tu hermana anda buscándote!». Y entonces él se esfumó.

—Sí, no creo que pueda hacer a los adultos... lo que hace a los niños... Aunque no sé qué les hace... —dijo Bryan lentamente—. Hace que no vean cosas, olviden cosas, pero no puede... hacer nada delante de los adultos.

—Se las arregla para que te quedes solo —dijo Smokey en voz muy baja—. Te engaña para que te quedes solo y entonces...

—Sí.

Bryan cerró los ojos un momento para evitar ver a Adam saltando, confiado, a lo largo del camino de piedras sin pararse a pensar en el poder que invocaba deliberadamente. Adam, solo en el bosque, con Bryan como única persona que había visto lo que ocurrió.

Y sin que lo ayudase, porque Bryan no había hecho nada.

Súbitamente sonó el timbre, lo cual les sobresaltó. Smokey se echó a reír de su nerviosismo, pero Bryan no consiguió distenderse lo suficiente para imitarlo. De pronto la biblioteca se quedó demasiado vacía para que fuera un lugar seguro.

—Salgamos de aquí —dijo.

Bryan no volvió a ver a Smokey en todo el día, pero éste lo esperaba en la puerta de salida a las tres y media.

—Hola, ¿te importa si voy contigo? —le preguntó con cierta timidez.

—No. —Bryan se encogió de hombros. Quizás ayudaría

tener compañía, podía distraerlo de la obsesión de ir contando pasos—. ¿Dónde vives?

—Wintergreen Avenue.

Bryan sintió frío en los omóplatos.

—Cuesta abajo junto al...

—Junto al parque, sí.

El parque que llevaba al bosque. La casa de Bryan estaba a poco más de cinco minutos, pero Wintergreen estaba a la distancia de la voz en grito.

Había algo en el tono de Smokey, además del recuerdo de la conversación sostenida en voz baja aquella mañana, que incitó a Bryan a articular en voz alta las palabras infantiles que se le ocurrieron de pronto:

—Ese sitio es... malo.

Smokey se detuvo bruscamente y lo miró con atención.

—¿Conoces el sitio? Me refiero a que... me figuraba que sólo lo conocía yo.

Echaron a andar de nuevo. Sí, Bryan conocía el sitio. No era tan sólo la desaparición de Adam lo que había hecho del parque y del bosque sitios para él desapacibles, sino que en el aire de esos lugares flotaba algo, una sensación indescriptible hecha de estremecimientos que recorrían arriba y abajo la columna vertebral, que te decían cuándo te encontrabas en uno de los parajes frecuentados por el Oscuro.

—El parque y el bosque... Aquella casa vieja y vacía de la colina del Rey —se arriesgó a decir.

—Y aquel solar de abajo, junto a la estación —terminó Smokey—. Sí, sí, conozco los lugares. No sé qué es, pero...

—Se nota... —terminó Bryan, a lo que Smokey asintió con la cabeza.

Siguieron un rato más sumidos en un silencio contemplativo. Era media tarde de un viernes de primeros de julio. Las calles deberían haber estado rebosantes de vida, llenas de gente tomando el sol o arreglando el jardín, con escolares

19

dando tumbos por las calles, camino de casa, en ruidosos pelotones. Sin embargo, al volver la esquina de High Street y enfilar la calle lateral en dirección a sus respectivas casas, les pareció que en el mundo no había más almas que las suyas.

En el calor del aire flotaba una especie de quietud opresiva: ni un hálito de viento, ni un susurro de pájaros en las copas de los árboles, como si caminasen dentro de una fotografía, una instantánea de las calles detenidas en el tiempo mientras el resto del mundo proseguía adelante sin ellos. Bryan sintió que el vello de la nuca se le empezaba a erizar.

—Electricidad —murmuró Smokey de pronto.

Tenía razón, parecía que había electricidad en el aire, una tormenta que esperase el momento de estallar.

El sol se ensombreció un momento, igual que si una sombra acabase de pasar sobre sus cabezas. Bryan levantó los ojos, pero no vio nada en el cielo, ni una nube siquiera.

Ninguno de los dos dijo una palabra, pero caminaron más deprisa. Las palabras de la canción habían empezado a martillear la cabeza de Bryan y desafiaban sus intentos de acallarlas. «Uno es fuego... Dos es sangre... Tres tormenta... y cuatro agua.» Arrastró el pie en el paso siguiente para interrumpir la canción, pero la treta no funcionó y bastó, en cambio, para atacarle los nervios e impulsarlo a echar a correr.

«Cinco es ira... Seis rencor.»

No quería correr. Era como estar en una de esas películas estúpidas en las que te acecha una fiera. Mientras siguiera moviéndose con mesura y lentitud estaría a salvo, pero cuando perdiese el dominio de los nervios y echase a correr la fiera lo perseguiría.

«Siete es miedo... Ocho es horror.»

Los personajes de esas películas siempre se echaban a correr. Y entonces abrían, por ejemplo, aquella puerta, la que llevaba al sótano o al desván o al laboratorio o adondequiera que se escondiese aquella semana el monstruo. En lo más profundo de su ser Bryan sabía por qué. Era una locura, una estupidez, pero no había más remedio que abrir la puerta.

De pronto notó que la mano de Smokey le agarraba con fuerza la muñeca. Aquélla fue la señal. Bryan echó a correr arrastrando a su compañero con él. Corrían como liebres calle abajo, igual que esos niños pequeños que huyen de la escena donde han perpetrado alguna travesura. Sin embargo, allí no había nadie que se parara, ni que los señalara con el dedo, ni que se desternillara de risa. Bryan pensó que, si hubiesen parado de correr y se hubieran puesto a aporrear puertas para que les dejasen entrar en las casas, nadie les habría respondido. O no estarían o no querrían oírlos.

Los habitantes de Redford sabían hacer de maravilla lo de no oír.

Corrían junto a una casa que tenía un seto muy alto, pulcramente recortado por una mano de jardinero, pero de pronto les pareció que se alejaba y que era muchísimo más alto que antes, que era negro y enmarañado y estaba erizado de amenazadores pinchos. La calle por donde corrían se hacía cada vez más estrecha, lo que era imposible, porque era una calle residencial normal y corriente, con coches aparcados en ambas aceras. Sin embargo, aquello ya no era una calle, sino un camino estrecho entre dos enormes setos, como esos senderos de los laberintos, pero sin desviaciones laterales por las que poder escapar.

Tampoco había coches y, en el supuesto de que las casas siguieran en su sitio, ya no se veían, al menos ellos no podían verlas. Pero detrás del seto había algo... Sí, había algo enorme que resollaba y resoplaba al tiempo que corría. Corría tan rápido como ellos, más rápido aún, dispuesto a atravesar el seto en el momento menos pensado para abalanzarse sobre ellos. Las sombras proyectadas por los monstruosos setos eran tan densas y oscuras que correr entre ellos era como hacerlo en la noche. Bryan vio un debilísimo fulgor luminoso al final del camino: el término de aquel oscuro y angosto pasadizo. Aun así, los setos se iban cerrando, sin ningún atisbo de perspectiva, acercándose cada vez más, cerrándose con ellos dentro.

Bryan tropezó con algo y hubiera caído incluso si Smokey, que seguía corriendo, no lo hubiera empujado. Bryan vio que la luz que tenían delante crecía, se acercaba, pero era un engaño cruel, un rayo de esperanza que se apagaría de pronto en el último momento.

Aquel algo que se escondía en los setos iba a por ellos. Ahora ya no estaba al otro lado, persiguiéndolos y resoplando para dar con la forma de meterse en el camino, sino que lo tenían detrás, pisándoles los talones. Ahora los pinchos les arañaban y desgarraban, como queriendo retenerlos unos momentos más, aquellos pocos segundos que el pasadizo tardaría en cerrarse por completo en torno a ellos.

De pronto tuvieron el sol sobre sus cabezas, derramándose entre las ramas retorcidas como esos primeros rayos de luz que brillan de nuevo después de un eclipse. Bryan se separó de aquellos pinchos que, de repente, se le antojaron dedos que lo forzaban a permanecer en la angosta zanja. Smokey estaba a su lado...

Irrumpieron en una calle abarrotada por un intenso tráfico; en medio de una explosión de cláxones y palabrotas. Y aunque consiguieron llegar al santuario de la orilla opuesta sin que los atropellaran en el camino, estaban jadeantes.

Tres

*E*l corazón de Bryan le martilleaba en el pecho como si se hubiera salido de madre. Se volvió y echó una mirada a la calle que acababan de abandonar. Era una calle corriente, con una calzada de dos carriles y con aceras y setos pulcramente recortados que no llegaban a los dos metros en su punto más alto. El tráfico pasaba zumbando por ella como siempre y vio a otros escolares camino de sus casas en ruidosos pelotones. Era un desatino pensar que aquel sitio hubiera sido un lugar silencioso y solitario.

—No era real —dijo Smokey, jadeando, sentándose a su lado en la grava de la acera.

Bryan se miró los brazos, ligeramente bronceados, que la camiseta blanca de manga corta dejaba al descubierto. Los tenía cubiertos de arañazos, recuerdo de su pelea con los inexorables pinchos de los arbustos.

—Lo era y no lo era —respondió.

Se adecentaron en casa de Smokey. Extinguida la explosión inicial de adrenalina, Smokey se sorprendió al descubrir que también él estaba cubierto de cortes y magulladuras y que los dos tenían en las manos esa capa de mugre que se forma al trepar a los árboles. Bryan pensó que se podía atribuir todo a alguna teoría sobre alucinaciones y que, en su precipitada huida, no habían visto más que los setos de siempre; pero, en realidad, no era tan tonto como para aceptar tal teoría. Cuando el Oscuro andaba suelto podía ocurrir cualquier cosa. No porque la calle hubiera vuelto a la normalidad significaba que no pudiera haber sufrido un cambio pasajero.

En casa de Smokey no había nadie, lo que le quitó un peso de encima a Bryan; además le permitió quedarse un rato. Mientras Smokey llenaba unos vasos en la cocina, Bryan procuró no mirar las fotos de familia agrupadas en un estante a media altura. El hermano y la hermana juntos en todas, sin huecos acusadores. Una familia completa y sana, aún.

Estaban sentados en el salón comedor bebiendo un zumo de casis tan dulce que a Bryan le entraban arcadas, pero que le ayudó a refrenar los escalofríos que ya lo amenazaban. A esa hora, en casa, habría mirado los dibujos animados en su habitación simplemente para estar acompañado, aunque aquí estaban los dos sentados y bebiendo en silencio, sin mirar a ninguna parte ni hacerlo mutuamente.

—¿No quieres hablarme de Adam? —dijo Smokey por fin.

Bryan no estaba seguro de querer, pero de pronto le salieron atropelladamente las palabras sin preocuparse de si las entendía o no.

—Ocurrió hace cinco años. Salió en todos los periódicos... Aunque tú todavía no estabas aquí, ¿verdad?

—Oí hablar del caso —dijo Smokey, sorbiendo el zumo—. Mi madre me alertó contra los bosques... Me dijo que una vez había desaparecido un niño en el bosque. No sabía que fuera tu hermano hasta que me lo dijeron en la escuela. Dijeron que tú declaraste siempre que había sido el Oscuro. Se burlaban y no se burlaban, ya sabes.

Bryan lo sabía. Risitas nerviosas o pasar silbando por el cementerio porque, claro, ¿quién iba a decir que tenía miedo?

—No creo que él fuera el único. A mí me parece que ocurre desde hace años. Quizá desde siempre. ¿Sabes algo de Las huellas del Diablo?

Smokey frunció el ceño, la frente oscura se le llenó de arrugas.

—Hablas de ese juego de niños, ¿verdad? Desde que va a la escuela de aquí, mi hermanita vuelve siempre a casa cantando esa canción. ¿Cómo dice? «Uno es...»

—¡No lo digas!

Bryan lo hizo callar agarrándolo por el brazo con aire más desesperado del que quería aparentar.

Smokey asintió con gesto rápido como para demostrarle que lo había entendido, al tiempo que se lamía el zumo de casis del dorso de la mano, al parecer por temor a que cayera en la alfombra.

—¡Perdón! Quiero decir que... puedes decirlo, que probablemente no pasa nada. Todos los niños de Redford cantan esa canción, todos juegan a lo mismo. Desde que mis padres eran niños y antes aún. Pero está la leyenda... ¿La conoces?

Smokey negó con la cabeza.

—Es como decir trece veces «María Sanguinaria» delante del espejo —prosiguió Bryan—. Según dice la leyenda, Las huellas del Diablo existen de verdad, es un camino del bosque que se recorre con trece pasos y, si lo sigues mientras cantas la canción, se te aparece el Oscuro.

Smokey había dejado de beber.

—Y a ti se te apareció —dijo.

A Bryan le sorprendió el profundo alivio que le procuraba contar aquella historia repetida tantas veces cuando era niño y aceptada ahora, por vez primera, como verdadera.

—Se nos apareció. Yo tenía ocho años... Yo... —Le costaba continuar y fingió que callaba un momento para tomar un sorbo—. Yo tenía miedo y me acobardé. Sin embargo, Adam tenía dos años más que yo y no tenía miedo de nada. Por lo menos cuando estaba conmigo. Yo era el pequeño y él tenía que demostrarme que no tenía miedo. Debía demostrar que no existía eso que llamaban el Oscuro. O sea, que

25

pronunció las palabras de la canción y... —No consiguió disimular lo mucho que le apenaba todo aquello.

—Y se apareció el Oscuro, ¿verdad? —dijo Smokey escuetamente—. Tú lo viste... Me refiero a que tú lo viste, naturalmente, pero ¿lo viste de verdad?

Bryan sabía a qué se refería. Abrió la boca, pero no consiguió articular palabra alguna para describir lo que había visto; no disponía en su vocabulario actual de medio alguno, del mismo modo que había ocurrido hacía cinco años, para poder expresarse. Lo había visto y no lo había visto. Para infinita frustración de la policía, no aportó unos rasgos definidos que pudieran encajar en una fotografía.

Era un hombre y era... otras muchas cosas. Cambiaba constantemente y, sin embargo, todas sus imágenes coincidían en la misma.

Era el hombre de la estación del autobús que cierta vez había asustado a Bryan al mirarlo con ojos extraños. Era el payaso que, cuando Adam cumplió siete años, no había divertido a nadie y los había aterrado a todos con su falsa sonrisa. Era el asesino en serie de la película de última hora que Bryan había visto escondiéndose en la cama o el tigre sonriente que vio en el viejo libro de cuentos de su madre.

Bryan había atisbado al Oscuro por espacio de unos segundos, o incluso menos; pero en aquel breve instante había visto todas aquellas imágenes y un millón más: todas las cosas que lo aterraban desde siempre, por muy escondidas u olvidadas que estuvieran en su interior.

—Vi... Él era... Fue como si yo lo viera todo.

—Como la sombra de todo lo que habías visto en tu vida —coincidió con él Smokey de forma enigmática—. Extraído todo lo bueno, como se extrae el agua de una esponja.

Bryan supo, sin que lo hubiera dudado antes ni un momento, que Smokey había visto realmente al Oscuro.

Hubo un largo silencio.

—¿Qué ocurrió? —preguntó finalmente con voz queda Smokey.

Bryan no pudo hacer más que unos movimientos con la cabeza.

—No lo sé —admitió, agobiado por el remordimiento—. No lo vi. Apareció el Oscuro y... eché a correr.

Hubiera podido decir que esperaba que Adam lo siguiera, pero no era verdad. En cuanto apareció el Oscuro para reclamar a su hermano, supo que era demasiado tarde. Y en aquellos pocos momentos, Adam también lo supo. Bryan no había visto siquiera su rostro, pero la expresión imaginada quedó marcada a fuego en su mente.

Su hermano se había mostrado confiado, burlón y escéptico, pero sólo aparentemente; en lo más profundo, en alguna parte de su persona, una vocecilla hija del miedo debió de empujarlo a exhibirse delante de su hermano. Durante una fracción de segundo, por lo menos, debió de creer en el poder de lo que hacía.

Y el Oscuro había respondido a su invitación.

El chasquido repentino de la puerta delantera rompió el silencio y los sobresaltó. Smokey recorrió con mano insegura sus cabellos cortos y se echó a reír como burlándose de sí mismo.

—Debe de ser la señora Cunningham con Nina —dictaminó poniéndose de pie.

Bryan saltó de su asiento.

—Huy, yo tengo que...

—No te preocupes. —Smokey barrió a un lado sus preocupaciones sin haberlas entendido—. Ignórala. Eso hago yo.

—¿Stephen? —dijo una inquieta voz de mujer procedente del recibidor.

—¿Qué tal, señora C? —respondió él.

—Ah, bien, veo que estás aquí. Siento tener tanta prisa, cariño. Becca tiene la clase de piano dentro de una hora.

—¡Me parece muy bien! —Smokey bajó la voz para informar a Bryan—. Va a recoger a Nina a la escuela porque yo no llegaría a tiempo.

La escuela de los pequeños estaba en dirección opuesta a la de los mayores y desagradablemente cerca del bosque. A Bryan le encantaba pensar que ya no tendría que ir nunca más en aquella dirección.

Se oyó el golpe de la puerta al cerrarse y apareció en la habitación, disparada como una flecha, una niña bajita y ligeramente regordeta con largas trenzas oscuras y una camiseta de Woodside Primary.

—Hola... —Se paró bruscamente al registrar la presencia de Bryan—. ¿Qué tal?

Miró a Bryan con desconfianza, como si cualquier persona que acompañara a su hermano se hiciera merecedora de un concienzudo examen, por si era peligrosa.

28

Smokey inclinó la cabeza en dirección a Bryan.

—Ése es Bryan. ¿Bryan? Ésa es la cría. Por desgracia.

—¡Ah... hola! —dijo Bryan torpemente.

Su trato con niñas de nueve años había terminado cuando él tenía nueve años, sin que pudiera afirmarse que se encontraba entonces en su etapa más sociable. Rara vez hablaba con chicos de su edad y menos aún con los más pequeños.

Ignorándolo por completo, Nina fijó su mirada colérica en su hermano y pasó inmediatamente al ataque.

—¿Qué has hecho con mis CD, Stephen? —le preguntó.

—¿Qué quieres que haga con tus CD? —dijo él, exasperado.

—Me he pasado toda la mañana buscándolos —se quejó, indignada—. Quería llevarme el aparato de música a la escuela.

—Será que no has buscado bien, digo yo.

—No hubiera tenido que buscarlos si tú no los hubieras tocado.

—Te lo repito: ¿qué quieres que haga con tus CD? —Smokey dirigió una mirada de víctima a Bryan—. Ésa se figura que escucho sus bandas de músicos. —Puso los ojos en blanco.

Como se sentía a disgusto en medio de aquella disputa fraterna, Bryan esbozó una torpe sonrisa.

Tras haber decidido, al parecer, que el acompañante no exigía un comportamiento más apropiado, Nina se apoyó en el brazo del sofá y golpeó a su hermano en el hombro.

—¡Siempre estás revolviendo mis cosas!

—Y tú siempre lo dejas todo tirado por la casa —le replicó Smokey.

—O sea, que cogiste los CD —contestó la niña con aire triunfal.

—¿Cómo quieres que coja tus estúpidos CD? Seguro que papá los ha guardado antes de ir a trabajar. Los dejas fuera del estuche y se rayan...

Nina lo miró enfurruñada, pero sin dejarse impresionar.

—Sé que has sido tú —dijo con mirada aviesa.

Smokey soltó un prolongado y profundo suspiro y miró a Bryan.

—Es como hablar con una pared —observó mientras se levantaba—. Ven, Bryan..., a menos que quieras pasar cuatro horas oyendo lo mismo.

La hermanita puso mala cara ante la abrupta despedida, pero se puso de pie y salió rápidamente en dirección a la que se suponía era su habitación. Bryan oyó el eco de un portazo, un ruido que no se oía en su casa desde hacía años. La familia Holden se arrastraba por la casa como los muertos vivientes.

Smokey suspiró de nuevo cuando se dirigían a la puerta principal.

—Perdón por la escenita de mi hermana... En fin, ya sabes. —Se retorció un dedo en la sien como diciendo: «está completamente chalada».

29

—Sí —dijo Bryan inquieto, en una afirmación que más parecía un sonido inexpresivo que una muestra de acuerdo—. Oye, tengo que irme a casa.

Dejó en el aire, sin expresarlo con palabras, el sobreentendido de que sus padres lo echarían de menos, porque de ese modo en realidad no mentía.

—Sí, de acuerdo. Nos vemos... en cualquier momento, supongo.

Costaba separarse después de las extrañas circunstancias que los habían unido.

Bryan dio unos pasos hacia atrás.

—Muy bien. Nos vemos.

Bryan remoloneó un momento ante la puerta de forma más o menos consciente y seguidamente dio media vuelta y echó a correr hacia su casa.

Cuatro

Aquella tarde la casa le pareció más fría y más vacía que nunca. Su madre no le preguntó por qué llegaba una hora más tarde que de costumbre. Tal vez ni siquiera se dio cuenta. Bryan hizo los deberes, a pesar de que era viernes, y se acostó temprano. Es lo que solía hacer. Cuanto antes se acostara, antes llegaría la mañana y antes podría escapar.

Cuando se durmió por fin, sus sueños fueron diferentes.

En los meses de invierno no era raro que estuviera semanas seguidas sin soñar de forma consciente y que después sólo recordara fragmentos desperdigados de sueño, carentes de sentido; eso sucedía las pocas veces que soñaba. Sin embargo, en verano siempre le ocurría lo mismo. Lo que soñaba no llegaba a ser un sueño, sino sólo un recuerdo de sueño: las cordiales chanzas y bromas de Adam al acercarse a su puerta. La única cosa que siempre cambiaba era el rostro del Oscuro; cada noche uno diferente.

No obstante, esa noche las cosas fueron distintas.

También estaba en el bosque —tarde o temprano todo iba a parar al bosque—, pero él era mayor. Era el adolescente de ahora, no el niño de entonces. Miró y vio su cuerpo, el que conocía, nervudo aún, pero no plenamente desarrollado, aunque tampoco era el de un niño.

Adam no estaba a su lado. Sabía que tenía a otras personas detrás de él, pero su cuerpo no se volvió a mirar. El instinto le decía que entre ellos estaba Smokey.

Tampoco era Adam quien caminaba a través del camino de piedras, sino el propio Bryan. «Pero ¿qué hago? ¡No, tengo que parar!», se dijo. Aun así, era como si su cuerpo no le perteneciera.

Los que estaban detrás de él empezaron a cantar la cancioncilla y, en contra de su voluntad, unió su voz a las suyas. Era un sonido de misteriosas resonancias, como si la cantaran unos niños pequeños reunidos en el campo de juegos; aunque, al mismo tiempo, también la cantaban voces más adultas, como las de una congregación reunida para rezar.

«Uno es fuego, dos es sangre, tres tormenta y cuatro agua...» Sus pies obedecían los pasos según dictaba la canción. Por dentro intentaba resistirse, pero su cuerpo proseguía de forma inexorable como el de un robot programado para moverse al ritmo marcado.

32 «Cinco es ira, seis rencor, siete es miedo, ocho es horror.» ¿Por qué no se había parado en el siete? El del «miedo» era, sin duda, el paso que más le cuadraba, porque era lo que sentía, lo que espesaba el aire, lo que oprimía su corazón. Quiso calmar sus latidos, pero su cuerpo se negaba a obedecer el mensaje que le enviaba el cerebro. Se sentía completamente impotente, inalcanzable para su propio control.

«Nueve es pena, martirio es diez, once es muerte, doce vida otra vez.» Ya no quedaba tiempo para resistirse. «Trece pasos hasta la puerta del Oscuro...»

«De allí no volverás, esto es seguro.»

El grito que esta vez acudió a sus labios al despertarse no fue el nombre de su hermano, sino un sonido ininteligible de terror puro. No era una repetición del pasado horror que volvía una y otra vez para perseguirlo, sino una premonición de un terror nuevo y desconocido que todavía estaba por llegar.

Algo había cambiado; y si lo había hecho era debido a lo

que el día anterior habían compartido él y Smokey. La atención del Oscuro se había desplazado.

Ahora el objetivo era él.

Sudoroso, pero muerto de frío, Bryan saltó de la cama y bajó al cuarto de baño. Todavía era temprano, aunque ya era de día. Tuvo que restregarse los ojos y cerrarlos ante la oleada de sol que inundó su dormitorio al descorrer las cortinas.

La aguda sensación que oscilaba entre el sueño y la paranoia seguía en su pecho; no se había desvanecido. Sentía en la piel la impresión de que lo estaban vigilando y no creía que fuera totalmente imaginaria. Ayer el Oscuro había reparado en él de una manera que no había sentido desde hacía cinco años, tal vez ni siquiera entonces. ¿Por qué una fuerza tan enorme y poderosa se preocupaba de un niño pequeño que había sido testigo del secuestro de su hermano?

De alguna manera hablar con Smokey había cambiado las cosas. Se había roto el pacto de silencio al que era fiel todo Redford... y el Oscuro había salido, como quien aplasta con gesto perezoso una mosca impertinente. La última vez habían logrado burlar su influencia y desviarse hacia una calle donde había demasiada gente para que él pudiera seguirlos; pero ¿y si lo intentaba otra vez?

Perdido en aquellos pensamientos pesimistas, mientras masticaba de forma mecánica su desayuno, Bryan pegó un salto al oír que llamaban a la puerta. Era demasiado temprano para el correo del sábado; además a la puerta de su casa no llamaba nunca nadie. Se preguntó si su padre se habría quedado fuera, sin poder entrar; a veces salía de casa y desaparecía durante horas sin decir palabra ni explicar adónde iba ni por qué salía. Sin embargo, su padre estaba en casa, espatarrado delante del televisor. Bryan se dirigió a la puerta.

Era Smokey. Le pareció raro verlo con su mono descolo-

33

rido en lugar de con el uniforme de la escuela. Parecía cohibido, como si se sintiera tímido por estar en su casa.

—Lo siento, sé que es pronto. Sólo...

—No pasa nada. Ya estaba levantado —lo cortó Bryan. Se había vestido y estaba a punto de salir de casa, en cuanto el ritual de las mañanas se lo permitiera—. Espera un segundo. Salgo enseguida.

Lo educado en ese caso hubiera sido invitar a Smokey a pasar, pero no se veía capaz. Al volver a meterse dentro, empujó automáticamente la puerta hasta dejarla casi cerrada, como si pensara que Smokey podía ver el sombrío ambiente que reinaba en su casa, aunque fuera atisbando por la puerta entreabierta. Bryan volvió a la cocina y cogió las llaves.

—Papá, me voy... —Su padre asintió vagamente—. Con mi amigo Smokey —añadió, como esperando que pudiera haber una reacción.

No esperaba tanto como una conversación, a lo mejor sólo una frase como «me encanta que hayas hecho un nuevo amigo» o incluso un «que os divirtáis». Pero no, no hubo frase alguna. Sólo un movimiento casi imperceptible de cabeza.

Los cereales que Bryan sólo había comido a medias se colaron por el fregadero, lo cual tampoco suscitó ningún comentario. Sus padres ya no lo importunaban encargándole recados ni amonestándole para que comiera más; ni siquiera le prohibían que volviera tarde a casa. En realidad, eso último, por lo menos, hubiera debido inquietarles, pulsar la cuerda del miedo, pero al parecer habían invertido tanta angustia y tanto sufrimiento en la desaparición de Adam que ya no les quedaba nada para dedicárselo a él.

Al salir para reunirse con Smokey, pensó que los chicos de la escuela lo habrían tomado por loco si hubieran sabido que tenía celos de ellos al oírles quejarse de que sus padres eran demasiado exigentes. Sin embargo, cualquier cosa, lo que fuera, sería mejor que aquella situación. A veces pensaba en gritar, en chillar, en decir barbaridades sólo para que su padre se enfadara, para sacarlo lo suficiente de quicio y provocar así que le riñera o llegara, incluso, a pegarle; no obstante, no se atrevía. No osaba hacerlo porque, ¿qué hubiera ocurrido si hubiera hecho todo aquello y su padre se hubiera limitado a hacer un ademán con la cabeza y a gruñir débilmente como si no hubiera visto nada?

—Lo siento —dijo cerrando la puerta con una sensación de alivio que le provocó remordimiento—. Mis padres... no están preparados a esta hora de la mañana.

«No estaban preparados para nada.»

—Lo siento —repitió Smokey—. He venido demasiado temprano, pero es que... —movió la cabeza nerviosamente— después de lo que ocurrió ayer, no podía... Me he quedado mirando la tele y escuchando música como si todo fuera normal, pero tenía que salir de casa... ¿Comprendes? 35

—Sí, claro, lo comprendo.

Bryan se hubiera reído si tuviera algo de qué reírse.

Cinco

*E*l aire no era frío, pese a ser tan temprano; aun así, Smokey se arrebujó en la chaqueta con cierta ansiedad.

—No sabía lo que hacer —confesó—. A estas horas todo está cerrado y no quería quedarme en la calle. Mis amigos... suelen ir al bosque.

Bryan asintió.

—Yo acostumbro a ir a la biblioteca —dijo.

Un lugar tan bueno como otro cualquiera para esconderse. Los sábados solía estar muy vacía y estaba lejos de los sitios más amenazadores frecuentados por el Oscuro.

Él y Smokey dieron un largo rodeo por las tiendas locales. Las calles estaban silenciosas, pero no producían aquella sensación de opresión del día anterior. Era una mañana normal y tranquila, una mañana segura... Poca gente en las calles, sólo algún coche ocasional que pasaba raudo.

Tuvieron que cruzar el puente próximo a la estación y Bryan detectó que, de una manera inconsciente, Smokey aceleraba el paso al recorrer los peldaños que llevaban al andén.

—Me pregunto por qué —dijo, pensativo, después de cruzarlo.

—Por qué, ¿qué? —preguntó Smokey.

Habían caminado en incómodo silencio hasta aquel punto.

—¿Por qué aquel trozo de tierra junto a la estación? Allí no hay nada. —Era extraño. En todos aquellos años había

LAS HUELLAS DEL DIABLO

aceptado al Oscuro y sus costumbres como un hecho consumado, inmutable, inevitable, pero ahora tenía a alguien con quien comentar aquellas cosas y había descubierto que había preguntas que empezaban a aflorar a la superficie—. Quiero decir que estoy enterado de lo del bosque y de la casa de la colina del Rey... Siempre se han contado historias sobre ese sitio.

—Oí decir que un tío se colgó —se aventuró a afirmar Smokey.

Bryan se encogió de hombros.

—Quizá. Sin embargo, lo que yo digo... es que es lógico que él tenga poder en un sitio donde hay una especie de casa encantada o algo así. Y en el bosque... pues... también. —En aquel momento no quería seguir hablando de lo mismo—. Pero ¿por qué detrás de la estación?

Smokey frunció el ceño y movió la cabeza en un gesto de impotencia.

—No sé. Sólo que..., ¿por qué... desaparecen niños? —estalló de pronto—. Deben de haber desaparecido siempre. ¡Y nadie se da cuenta! No hay nadie que se cuadre y diga: «Vamos a ver. Eso no está bien. No puede ser normal». No hay quien diga nada de nada.

—A veces pienso que sí se dan cuenta —dijo Bryan—. Se dan cuenta, pero hacen como si no supieran que ocurre.

—Odio esta ciudad —dijo Smokey en voz baja.

La biblioteca acababa de abrir cuando llegaron. No había más que un viejo que examinaba con gesto ceñudo las hileras de libros con grandes ilustraciones y un adolescente agachado junto a montones de periódicos, probablemente documentándose para algún trabajo escolar. Bryan y Smokey pasaron junto a los dos y buscaron el lugar seguro de una mesa retirada en un rincón apartado.

—Tendríamos que investigar el asunto —dijo Smokey de pronto.

—¿Cómo? ¿Investigar qué? —preguntó Bryan.

—Ya sabes, lo de la estación y todo lo demás. Tiene que haber libros que se ocupen de la historia de la ciudad.

—Seguro que sí. —A Bryan no se le había ocurrido nunca investigar la historia del Oscuro, no le había pasado por la cabeza que pudiera haber nada escrito al respecto. No obstante, tal vez hubiera alguna indicación que revelase que aquel terreno que se extendía detrás de la estación podía pertenecerle—. Preguntaré a la bibliotecaria.

Se esperaba una reacción de asombro o de exasperación, de sorpresa ante su atrevimiento, al romper el pacto de silencio observado por los habitantes de Redford, pero la bibliotecaria se limitó a indicar la estantería correspondiente, como si se tratara de una petición normal y corriente.

—¿Es un trabajo para la escuela? —les preguntó.

—Sí, algo así —respondió Bryan.

—Me alegro de que tengas un amigo —añadió la bibliotecaria con una sonrisa.

A Bryan le chocó que aquella mujer, cuyo nombre ignoraba, pese a que se veían todas las semanas, se interesara por él más que, probablemente, sus propios padres, que jamás habían reparado en que su hijo siempre estaba solo.

Los libros que le indicó estaban en el rincón donde se había sentado el chico mayor, que no estaba allí en aquel momento. Tal vez había bajado al sótano para ir en busca de más periódicos. Al pasar por delante de su mesa, Bryan se fijó en las hojas sujetas con anillas que había dejado abiertas sobre la mesa.

En la hoja había una lista de nombres, con un mes y un año al lado de cada uno y otro número añadido. Tardó un momento en deducir que el último podía indicar la edad, ya que la cifra más alta era dieciséis.

Se encogió de hombros, para no darle importancia a aquellas hojas, pero entonces le llamó la atención uno de los nombres. Volvió a la lista y lo releyó: Jeanne Wilder. La fecha era abril de aquel mismo año y la edad que figuraba a continuación era la de quince años. Recordó de pronto un cartel fijado en las puertas de la galería comercial de la ciudad con la palabra «DESAPARECIDA». Esos carteles eran muy frecuentes en Redford y... ¿no era el apellido Wilder el que figuraba debajo de la instantánea aumentada y algo borrosa?

Sintió un repentino escalofrío y volvió cuidadosamente las hojas donde figuraban los nombres: el año pasado, hacía tres años, hacía cinco...

Sí, allí estaba: Adam Holden. Diez. Al lado de la letra «A» de su nombre de pila había un asterisco en tinta azul. Se podían observar varias señales como aquélla en tinta de diferentes colores, pero la inmensa mayoría de los nombres no tenían señal alguna o sólo un interrogante hecho a lápiz. Bryan hubiera querido conocer la clave, saber qué significado tenían aquellos signos, pero se trataba de notas personales y, por otra parte, no había clave alguna.

Volvió las hojas hacia atrás con gran premura: «1990... 1980... 1970... 1960». Los nombres eran cada vez más escasos hasta que desaparecían por completo a principios de siglo. ¿Era porque había empezado a confeccionar la lista a partir de entonces o porque no existía documentación correspondiente a esta época sobre desapariciones de niños? Redford debía de ser muchísimo más pequeño en aquel entonces.

Tantas décadas de desapariciones... Y, por lo que parecía, nadie las había detectado... Bryan frunció el ceño sin dejar de mirar las hojas sujetas con anillas. Por lo visto, sí había alguien.

Bryan retrocedió una hoja más y se encontró en la primera. En la esquina superior interna de la carpeta, una etiqueta pulcramente escrita con bolígrafo anunciaba que aquel cuaderno pertenecía a «Jake Steinbeck, 10Dca», una señal que correspondía al sistema adoptado para etiquetar los libros y cuadernos escolares en su colegio. Sin embargo, algo le decía que aquél no era un trabajo escolar de los que encargaban los profesores a los alumnos de nivel superior en su escuela.

Dentro de la carpeta encontró una cartera de plástico atiborrada de fotocopias muy manoseadas. La primera correspondía a un mapa de carreteras de la ciudad, en la que el bosque y la colina del Rey estaban marcados con asteriscos. El bosque, como es lógico, estaba señalado con color azul, lo que concordaba con la estrella que figuraba junto al nombre de Adam. Alrededor de una zona que incluía la estación se había trazado una raya verde y sinuosa, como si la persona que la hubiera dibujado no estuviera muy segura del lugar donde se debía marcar el tercer signo.

Alguien carraspeó junto a Bryan, el cual se sobresaltó como si acabaran de atraparlo curioseando algo sucio. El propietario de la carpeta lo miraba con aire avieso. Era media cabeza más alto que Bryan y, a juzgar por el número que constaba en la carpeta, debía de contar con unos quince años. Tenía los cabellos crespos y negros y llevaba una chaqueta deportiva muy usada. Bryan reprimió el urgente apremio de decirle: «El señor Steinbeck, supongo».

—¿Has encontrado algo interesante? —le preguntó el chico, en cuya voz había un matiz que parecía decir: «¡Venga, adelante, si te atreves!».

Bryan pensó de pronto que a lo mejor estaba pensando lo mismo que él al hablar con la bibliotecaria: se preguntaba si le echarían una reprimenda por escudriñar los rincones oscuros de Redford.

Sin embargo, aquel momento de clarividencia lo incitó a arriesgarse.

—Muchas cosas —replicó golpeando la fotocopia del mapa—. Están aquí, por supuesto.

—¿Qué?

La actitud hosca del primer momento se trocó en confusión.

—Aquí está el tercer sitio. Es ese lugar cubierto de hierbajos que hay detrás de la estación. Supongo que, si es más difícil de señalar, es porque los niños que han desaparecido aquí pueden hacer pensar que se han ido de la ciudad. Aun así, yo me apostaría cualquier cosa a que algunos han muerto precisamente aquí.

Al mirarlo, Bryan pensó que Jake tenía la misma expresión de sorpresa que él debió de tener cuando Smokey le habló por primera vez del Oscuro.

Seis

*B*ryan advirtió que se les había acercado Smokey. Jake giró en redondo y, tras un momento, preguntó a Bryan con una mueca de confusión casi rayana en lo cómico:

—¿Quiénes sois?

—Éste es mi amigo Smokey, y yo soy Bryan, Bryan Holden. —Jake frunció el ceño como si el nombre le dijera algo—. Soy el hermano de Adam Holden.

—¡Ah!

La confusión se desvaneció rápidamente y Jake sacó las fotocopias de la carpeta para rebuscar entre ellas. Cogió un artículo de periódico y lo alisó sobre la mesa. Bryan y Smokey se inclinaron sobre el mismo para examinarlo.

Bryan no recordaba el artículo, pero la foto fue como un puñetazo en el estómago. Era la fotografía de la escuela, la última que les habían sacado juntos. Él y Adam sentados en un banco delante del telón de fondo colocado por el fotógrafo. Adam aparecía con un aire más burlón que sonriente. En la foto no se veía cómo retorcía el brazo de Bryan, cogiéndoselo por detrás para conseguir y lograr que diera un respingo.

Bryan apartó la vista un momento, atrapado por una oleada de lágrimas que todavía, de vez en cuando, podían cogerlo desprevenido. Después se tragó la emoción para retenerla allí donde la guardaba siempre y se obligó a leer el artículo.

Contaba los hechos de una manera casi correcta..., en la medida de lo posible. Decía que Adam y su hermano jugaban en el bosque cuando secuestraron al mayor. Según el artículo, Bryan había descrito al agresor de su hermano como «un hombre oscuro», por lo que, según especulaba el periódico, el secuestrador podía ser un hombre negro o, tal vez, alguien de pelo oscuro y vestido con ropa del mismo tono. No se hablaba para nada de Las huellas del Diablo.

En el artículo aparecían destacados conceptos como «bosque de Redford», «desaparecido» y «hombre oscuro».

—Es la historia de siempre —dijo escuetamente el mayor de los tres chicos—. A propósito, me llamo Jake —dijo como si acabara de recordar que debía presentarse—. Jake Steinbeck.

—Ya lo sé —dijo Bryan, ausente, mientras seguía leyendo.

—¿Lo sabes? —preguntó el otro con viveza.

—En la carpeta aparece tu nombre.

—¡Ah! —exclamó Jake, sorprendido un breve momento—. Sí..., está bien.

—¿Se puede saber por qué coleccionas todo esto? —le preguntó Smokey.

Bryan dejó el artículo sobre la mesa y enarcó las cejas con aire inquisitivo como si secundase su pregunta.

Jake se sentó en una esquina de la mesa.

—Yo tenía una amiga... que se llamaba Lucy Swift. Pocos la conocían tanto como yo. Solía meterse en líos... Fumaba, bebía..., en fin, ese tipo de cosas..., pero no era el tipo de chica que la gente pensaba que era. Además, era muy inteligente. —Hizo una larga pausa y después miró fijamente a Bryan—. Todo el mundo decía que se escapó de casa, pero se equivocan. Yo la conocía, y jamás hubiera hecho tal cosa. Hace un año que desapareció y nunca se ha vuelto a saber de ella.

—Algo que suele ocurrir por aquí —observó Smokey con voz áspera.

Jake levantó la vista y lo miró con ojos ansiosos.

—Pues eso no es ni la mitad —dijo al tiempo que golpeaba la carpeta repleta de material—. He investigado, he escuchado, he... —Se calló un momento—. Aquí desaparecen niños. Y estoy hablando de una cantidad enorme de niños: uno cada dos meses..., y puede que me quede corto. Sé que les ha podido ocurrir un montón de cosas, pero el hecho es que desaparecen. Desaparecen sin más. Hace décadas y más décadas que se «evaporan» niños y que no vuelven a aparecer nunca más.

—Porque él los secuestra —dijo Bryan con una voz que la rabia contenida teñía de frialdad.

—¿El Oscuro? —preguntó Jake.

Bryan asintió con la cabeza.

44

—¿Tú has...? —preguntó, indeciso, Smokey—. ¿Tú has... visto algo?

Jake frunció el ceño.

—¿Visto?

—Sí, visto al Oscuro —precisó Bryan—. ¿Has visto alguna vez al Oscuro en algún sitio? ¿O has visto... algo extraño? En el bosque, en la estación o donde sea.

Jake negó con el gesto.

—No, nunca he visto nada. He oído un montón de cosas que parecen una verdadera locura. Sin embargo, cuantas más cosas leo —echó una mirada a sus notas— más me las creo.

—Puedes creerlas porque son verdad —dijo Bryan brevemente.

Jake vaciló y después se levantó y se dirigió a la estantería que tenía detrás. Sacó un libro sobre historia local y hojeó las páginas.

—He leído muchos libros de historia, pero en la mayoría

apenas se habla de las leyendas. Creo que éste es el mejor y aun así... Ah, sí, ahí está.

Su actitud recordó a Bryan a la de algunos de sus profesores más adictos a los libros y pensó que la costumbre de leer e investigar debía de ser propia de Jake mucho antes de que desapareciera Lucy.

—¿Qué dice? —preguntó Smokey inclinándose hacia delante.

—Poca cosa. Que si el Oscuro... Bla, bla, bla... Que se trata de una leyenda local muy parecida a las de los diferentes cocos de tipo mitológico. Un ladrón de niños que los adultos no han visto nunca y que se cree que ronda el bosque de Redford y se apodera de los incautos bajo la forma de sus peores pesadillas. Creo que eso es todo... No, esperad, dice algo más sobre el bosque. Algo sobre la leyenda de Las huellas del Diablo. Aquí hay una versión de la rima conocida...

—¡No la digas! —exclamaron Bryan y Smokey con una sola voz.

Bryan se agachó ligeramente al ver que la bibliotecaria les dirigía una mirada inquisitiva.

—Creo que aquí estamos seguros —dijo echando una ojeada alrededor y observando que, desde su llegada, habían entrado varias personas más—, pero no hay que exagerar las cosas, ¿entendido?

Jake los miró a los dos con extrema concentración.

—Vosotros creéis todo eso, ¿verdad?

—Creemos lo que hemos visto —dijo Smokey con decisión.

—Bueno, yo no he visto nada —afirmó Jake—; contádmelo.

Le contaron la historia de Adam, lo que había visto Smokey en la estación, lo que les había sucedido el día anterior.

Cuando terminaron, Jake los miró con atención como si

tratara de averiguar si le mentían. Seguidamente cerró de golpe el cuaderno y dijo:

—Quiero ir al bosque.

—No vayas —trató de disuadirlo Bryan moviendo la cabeza—. Créeme, no vayas.

—Tengo que verlo —lo interrumpió Jake—. Lo siento, pero tengo que ir. No soy ciego y sé que allí pasa algo. Sé que vosotros creéis lo que me habéis contado, pero si queréis que yo también lo crea... tendré que verlo con mis propios ojos.

Smokey se encogió de hombros y miró con aire expectante a Bryan, quien hizo una profunda aspiración y después soltó un suspiro.

—De acuerdo —dijo—, tal vez tengas razón. Quizá deberíamos investigar de qué se trata, en lugar de dejar que se abalance sobre nosotros. —Aunque su voz sonó firme, incluso a sus propios oídos, la sola idea le puso piel de gallina—. Aun así, no en el bosque —se apresuró a añadir—, en cualquier sitio menos en el bosque.

—En la colina del Rey —dijo Smokey con presteza—, en aquella casa vieja y vacía. No he entrado jamás en ella, pero... —se estremeció ligeramente— te juro que lo notas con sólo pasar por delante.

—En los últimos años ha habido allí tres desapariciones —dijo Jake—. Dos chicos que fueron en plena noche por una apuesta y no volvieron nunca más; además de un niño que empezaba a andar y que desapareció de la calle enfrente mismo de la casa, justo en el momento en el que su madre estaba mirando para otro lado.

—Estoy seguro de que hay más desaparecidos —dijo Bryan—. Niños que se acercaron a la casa por iniciativa propia, sin decir a nadie hacia dónde iban.

Precisamente era lo que iban a hacer ellos. ¿Estaban locos? Una parte de sí pensaba que así era, mientras que, por otro lado, ofuscadamente, pensaba: «¿por qué no?». ¿Dónde estaba la diferencia? Mejor enfrentarse con el Oscuro y decirle: «¡Venga, adelante!», que permanecer a la espera, encogido por el miedo. No podía escapar, así que, ¿por qué huir?

—O sea, que creéis que si nos acercamos allí, veremos... algo —dijo Jake, que procuraba no mostrarse escéptico, aunque no podía evitar que su voz dejara traslucir lo que, en el fondo, pensaba.

—Eso creo —asintió Bryan mirando a Smokey—. Ayer, sin ir más lejos, no estábamos en ningún lugar especial. Creo..., creo que quizás el simple hecho de hablar de él, de romper el silencio... hizo que advirtiera nuestra presencia. Hubiera podido venir a por mí un millón de veces después de lo de Adam, pero es evidente que le tiene sin cuidado que yo viera lo que sucedió. Sin embargo, tratándose de dos personas que estábamos comparando datos..., en fin, todo aquello le llamó la atención.

De todos modos, pensaba que el hecho de ser dos había conseguido que el asunto no fuera tan espantoso. Era innegable que había sido tan terrorífico como siempre, pero ayudaba mucho tener a alguien a quien poder decir: «¡Uf, qué miedo he pasado!»; ciertamente, aquélla era una forma de superar la situación. Servía para no darle vueltas y vueltas constantemente a todo eso, porque al final no sabías si aquello había pasado de verdad o si sólo habían sido imaginaciones.

—Pero yo no he visto nunca nada —objetó Jake—; y eso que hace meses que estoy investigando las desapariciones.

Bryan frunció el entrecejo.

—Pero quizás si estás con nosotros... Bueno... ¡Yo qué sé!

No obstante, algo le decía que estaba en un error. En virtud de un instinto que no habría sabido explicar, algo le murmuraba al oído que si Jake no había visto nunca al Oscuro, no captaría lo mismo que él por muchas notas que tomara y conexiones que estableciera. Si no podía ver al Oscu-

47

ro, sería como los demás y se quedaría mirando para otro lado sin ver lo que era más que evidente.

Tal vez Smokey pensara lo mismo, porque dijo:

—¿Estás seguro de que no has visto nunca nada? ¿Nada de nada?

—Bueno... —Por espacio de un segundo en los ojos de Jake asomó algo que les hizo pensar que iba a compartir con ellos alguna anécdota, pero enseguida movió negativamente la cabeza y dijo—: No, nada. —Cogió la carpeta que tenía sobre la mesa y la metió en una mochila negra que cerró con un rápido movimiento de muñeca—. Vamos a la colina del Rey —dijo.

Siete

*L*a colina del Rey tenía una ladera muy empinada, difícil de escalar, pero excelente para bajarla en bicicleta o monopatín. Adam se burlaba siempre de su hermano pequeño porque se ponía nervioso cuando se lanzaban juntos cuesta abajo; se reía de su miedo a aquella pendiente tan pronunciada. Bryan no llegó a decirle nunca que no era tanto la desenfrenada velocidad con la que emprendían el descenso lo que le aterraba, sino aquella casa vacía situada al lado izquierdo de la ladera, con ventanas oscuras que parecían ojos despiadados que los iban siguiendo con la mirada. Siempre había estado convencido de que un día, mientras bajasen a toda marcha con desenfrenada velocidad de aquella casa sombría, sin darles tiempo a apartarse del camino, les saldría algo al encuentro.

Hoy no disponía de bicicleta para lanzarse a tumba abierta cuesta abajo. Aquella en la que se montaba cuando tenía ocho años estaba en el cobertizo, llena de polvo, al lado de la bici de carreras de Adam, que era mucho más grande que la suya. La de Adam era tan grande que Bryan la habría podido montar ahora, pero sólo pensar en usarla lo ponía enfermo.

Se había hecho a la idea de que la bicicleta permanecería allí para siempre. Podían tirar la suya, pero su madre no se desprendería nunca de algo que había pertenecido a Adam. Todo lo que había sido de su hermano estaba guardado en cajas, pero éstas no habían salido nunca de su habitación. Bryan no entraba nunca en ella. Aquellas cajas emanaban una terrible provisionalidad, como si Adam acabara de marcharse y tuviera que volver de un momento a otro para llevarse todas sus cosas.

La ascensión a la colina fue tan pesada como la recordaba de las otras veces que la había subido. Jake, dos años mayor que él y mucho más alto, tenía las piernas más largas, así que lo adelantaba fácilmente; en cuanto a Smokey, como era más atlético, no tenía problema para subir corriendo junto a él y mantener el paso. Durante los últimos cinco años Bryan había corrido como correspondía, pero ésa era una carrera aterradora en la que debía preocuparse de sortear todo aquello que lo acechaba desde la sombra. No era experto en la carrera de fondo, y el intenso sol de julio que lo azotaba sin piedad no contribuía en nada a facilitar las cosas.

Cuando llegaron a lo alto de la colina y avistaron la casa vacía, Bryan resollaba más y mejor. Debería haberse sacado un peso de encima al pensar que a partir de allí la carrera sería cuesta abajo; en cambio, lo que sentía era una poderosa atracción hacia la casa, a la que se dirigía cada vez más deprisa, como si una araña tirara de él para conducirlo hasta el centro de la tela.

Las casas de la colina del Rey eran parecidas a las de su calle. Estaban entre las más sórdidas de la ciudad y las de la zona residencial de Redford, donde vivían los ricos. Eran relativamente antiguas, construidas en los años treinta o cuarenta, aunque la mayoría estaban bien restauradas. Todas eran diferentes, lo que no dejaba de ser un cambio agradable con respecto a la parte más moderna de la ciudad, donde lo único que variaba en las hileras y más hileras de casas adosadas era el color de la puerta de entrada.

El número 29 resaltaba en aquella apariencia de individualidad.

Bryan recordaba aquella casa vacía desde siempre. A veces pensaba que tal vez lo había estado desde que se construyó hacía varias décadas. Un solitario letrero en un ángulo del patio frontal anunciaba que estaba «EN VENTA». Sin embargo, ni siquiera se podía leer el número de teléfono del agente inmobiliario, como si la persona que lo hubiera colocado quisiera únicamente advertir con ello que la casa estaba vacía; sin preocuparse realmente de que alguien pudiera tener interés en comprarla.

La casa era una extraña contradicción entre orden y abandono. Los jardines, tanto el delantero como el trasero, eran verdaderas selvas, pero no se veían en él esas latas de cerveza abandonadas ni los montones de basura que la gente suele tirar en esos sitios. Las ventanas carecían de postigos, pero no había ninguna rota. Los ladrillos de las paredes estaban desportillados, pero en ellas no había ni una sola pintada. Redford, por lo menos en apariencia, era una ciudad tranquila, pero costaba creer que sus jóvenes pudieran ser tan cívicos.

Era una curiosidad, pero, como tantas otras circunstancias peculiares de la ciudad, ésta pasaba totalmente inadvertida para población.

Fuera extraño o no, nada en el aspecto de la casa podía explicar que Bryan, nada más verla, sintiera que todo su cuerpo estaba siendo recorrido por un millón de arañas.

—¿Lo notas? —dijo con voz tranquila.

Smokey asintió al tiempo que se ceñía contra el cuerpo la cazadora vaquera.

—No es más que una casa —dijo Jake, aunque Bryan percibió en su voz un leve titubeo.

Se acercaron al jardín delantero sin que a Bryan lo abandonara la sensación de hormigueo, sino todo lo contrario.

—¿Cómo? ¿Vamos a entrar? —preguntó Jake en voz baja.

—¿Por qué no? —Smokey se encogió de hombros—. No nos verá nadie.

Y era verdad. La calle se había sumido en una misteriosa tranquilidad, muy parecida a la que habían vivido la tarde anterior. ¿No había niños alborotando en los jardines de sus casas hacía muy pocos momentos? Ahora, en cambio, no se veía absolutamente a nadie.

—¿Cómo entraremos? ¿Hay alguna ventana abierta en la parte de atrás?

—Prueba por la puerta —apuntó Bryan.

Jamás había llegado al nivel de insensatez que le permitiera pensar en entrar en aquella casa; ahora, en cambio, confiaba en que la puerta se lo permitiese. ¿Tan buena era la trampa para que cayera tan fácilmente en ella?

Ojalá que no le hubiera venido a la cabeza la palabra «trampa», porque lo que le traía a su mente no eran artilugios hechos por una mano humana para atrapar inoportunas alimañas, sino una planta enorme e hinchada, algo así como una especie de planta carnívora atrapamoscas. Un organismo vivo que esperaba, paciente, su presa...

52 Jake se acercó a la puerta de la casa y la empujó al tiempo que decía:

—No seáis imbéciles, estará...

La puerta se abrió de par en par.

Bryan se sintió de pronto terriblemente inseguro en relación con el plan que habían abordado, pero Jake ya había entrado en la casa, y él y Smokey acabaron imitándolo. Habría sido incapaz de asegurar si Jake había sentido algo extraño o si se ponía una máscara para ocultar sus miedos. Esa situación lo llevó a pensar en Adam.

«Es lo mismo. Estamos haciendo exactamente lo mismo.» Volvía a estar en el mismo lugar, yendo detrás de alguien que no creía realmente lo que pasaba o que, en todo caso, preferiría echarse en brazos del Oscuro, antes que admitir que creía lo que veía.

Con este convencimiento metido en la cabeza, Bryan se habría detenido en aquel punto y les habría pedido que abandonaran el proyecto si la puerta no hubiera elegido aquel momento para cerrarse sin que la empujara nadie. Smokey pegó un salto, pero Jake se limitó a mirar la puerta con expresión enfurruñada.

—Tiene un pestillo —dijo lentamente—. No puede estar cerrada del todo porque hay que cerrarla con llave.

Sin embargo, Bryan supo, sin lugar a dudas, que la habían cerrado encajándola en el marco y que Jake no habría tenido que empujar con tanta fuerza si hubiera estado sólo entornada. De pronto, la necesidad de salir de la casa fue superada por el miedo de intentar abrir la puerta. ¿Qué pasaría si, al empuñar el picaporte, lo encontraba trabado?

«Respira, Bryan. Si Jake no nota al Oscuro, estás a salvo en su compañía», se convenció a sí mismo. Después de todo, ni siquiera el bosque había supuesto un peligro para él cuando estaba lleno de personas escudriñando y buscando. El Oscuro no había acosado nunca a Bryan delante de personas insensibles.

Aun así, cuando Jake se le adelantó en la entrada de la casa y se apartó de la frente un mechón de cabellos oscuros, Bryan observó que le corría por la cara un reguero de sudor que no podía estar provocado por el esfuerzo de subir la empinada ladera de la colina. Estaba bastante más pálido que en la biblioteca, lo que hizo pensar a Bryan que, tal vez, no estuviera tan sereno como quería aparentar.

—Inspeccionaremos... todas las habitaciones y después nos iremos, ¿de acuerdo? —dijo Jake de forma atropellada.

Bryan no se sintió con ánimo de protestar, dado su repentino nerviosismo.

Había una puerta a la izquierda. Jake la empujó y pasaron a una habitación vacía que parecía desmesuradamente grande. «Es porque no hay muebles, Bryan. Parece grande porque no hay muebles.» Las paredes estaban empapeladas, pero medio despellejadas. El dibujo del papel podían ser flores u otra cosa; no habría sabido decirlo porque la habitación estaba muy oscura.

«Ventanas. ¿Dónde diablos están las ventanas?» Bryan recordaba las ventanas de la casa, conocía de sobra aquellos ojos vacíos. La habitación de la izquierda de la puerta principal tenía una gran ventana panorámica que hubiera debido dejar pasar el sol de la mañana a raudales. Esa habitación, en cambio, no tenía ventanas... Nada... Sólo paredes desnudas recubiertas de papel antiguo.

Se oyó el chasquido de un interruptor cuando Smokey intentó accionarlo, pero no dio paso al menor atisbo de luz. Bryan miró hacia arriba para ver si había bombilla. El techo parecía estar unos seis metros por encima de sus cabezas.

«¡Qué tontería! Si tú has visto la casa por fuera y sabes que no es tan alta...»

«No es tan alta por fuera», le corrigió su propio cerebro.

Jake se hurgó el bolsillo y sacó algo. Era un mechero, que hizo propagar luz alrededor en cuanto el chico lo accionó. Bryan estaba demasiado agradecido por la iluminación repentina para demorarse en la sorpresa que le deparó. Readaptar la imagen mental de Jake era en aquel momento la menor de sus preocupaciones.

La llama del mechero era minúscula frente a lo enorme de la habitación, una enormidad recién adquirida: el doble de las dimensiones que tenía al entrar en ella. De eso estaba seguro. Era como si las paredes hubieran retrocedido ante la luz.

En medio de las sombras que de pronto se habían puesto a danzar, se inició un goteo desde el techo. «Es agua, una gotera del tejado», pensó. Automáticamente se apartó. Jake se arrodilló y acercó el mechero al suelo para ver mejor. «No, no lo hagas. ¡No quiero verlo!», estuvo a punto de exclamar Bryan, pero no le salieron las palabras.

La luz de la llama reveló un somero charco de un líquido rojo oscuro: sangre. Mientras los tres lo miraban fijamente, otra gota vino a añadirse al charco en un audible chapoteo.

Ocho

—*Ó*xido —dijo Jake expresándose con precipitación excesiva—. Alguna tubería perforada que, debido al óxido, tiñe el agua de ese color...

Smokey movió negativamente la cabeza, pero no pronunció palabra.

Bryan vio que a Jake le temblaban las manos al levantar la endeble llama del mechero hacia el techo, en el que aquélla parecía bailar. ¿Cómo había podido pensar que el techo fuera tan alto y la habitación tan grande? Estaban tan apretados en ella como si estuvieran metidos en un ataúd; el techo rozaba casi los cabellos de Jake.

El techo era amarillento, y estaba agrietado y abombado. En el centro, encima mismo de sus cabezas, había una mancha rojiza que se extendía y oscurecía rápidamente, como sangre que se filtrase desde el piso superior. Se oyó un lamento que parecía el de un animal asustado. Bryan tardó un rato en advertir que quien lo había proferido era él.

—Arriba hay alguien —dijo Jake con expresión decidida en el semblante—. Algún herido. ¡Podría ser alguno de los niños desaparecidos!

Se lanzó hacia la puerta antes de que los otros dos tuvieran tiempo de agarrarlo.

—¡No, espera!

Bryan quiso sujetarlo por la parte trasera de la chaqueta, pero de pronto la habitación había vuelto a recuperar sus anteriores dimensiones y Jake se había situado fuera de su alcance.

—¡Lucy! —oyeron gritar a Jake, que se había precipitado al recibidor de la casa y se dirigía a la escalera.

«¿Estaba aquí esa escalera hace un minuto?»

Sin tener verdadera conciencia de lo que hacía, pero convencido de que no podía dejar que Jake se perdiera escaleras arriba, Bryan corrió tras él. Supuso que Smokey le pisaba los talones, pero no se volvió para comprobarlo.

Jake se había lanzado a la carrera y Bryan lo seguía subiendo los peldaños de dos en dos. Pese a todo, presa de un pánico extremo, acudieron las palabras a sus labios: «Dos es sangre..., y cuatro es agua..., seis rencor». Sabía, sin tener la necesidad de contarlos, que los peldaños eran trece.

Atrapó a Jake en el peldaño número doce, lo agarró por las piernas y tiró de él para obligarlo a retroceder. El chico, aunque era más fuerte que Bryan, vaciló y se golpeó la mano en el pasamanos; gracias a la ayuda de Smokey lo pudieron retener.

—Pero ¿qué hacéis? —les gritó Jake, desesperado, tratando de desasirse de ellos—. ¿Es que no la oís?

De repente, como si aquellas palabras lo hubieran hecho posible, Bryan oyó la voz: era triste, desolada, pedía ayuda, se quejaba de dolor.

—¡Lucy, soy yo, Jake! —gritó el chico.

Sin embargo, a Bryan no le pareció que aquella voz fuera ni de lejos la de una adolescente, sino más bien la de un niño, un niño de unos diez años.

—¡Soltadme! —les gritó Jake.

Bryan sintió tal opresión en el pecho al oír aquella voz quejumbrosa que acabó por soltarlo.

—¡El peldaño! —gritó a Jake antes de que éste tuviera tiempo de moverse—. ¡No pises el que hace trece!

Jake giró en redondo y lo miró con los ojos desbordantes de ira, a punto de escupirle algo, aunque rectificó a tiempo y se sirvió de la barandilla para auparse hasta el rellano sin pisar el último peldaño. Bryan, a continuación, hizo lo mismo. Aunque no deseaba subir, no pudo evitarlo, lo necesitaba.

La primera puerta a la izquierda se combaba hacia fuera saliéndose casi del marco, como si un ser enorme intentara abrirse paso a través de ella. Jake, incauto, intentó girar el picaporte; pero no cedió.

—¡Quema! —aulló de pronto, retirando rápidamente las manos.

Bryan vio que el oscuro picaporte metálico adquiría un color rojo incandescente, como la espiral de los quemadores de las cocinas cuando se calientan.

Los gritos de desesperación y dolor que salían de dentro eran cada vez más horribles. Bryan intentó golpear la puerta, pero cuando se acercó para tocarla, sólo con los dedos, sintió que su mano se calentaba como si la hubiera sumergido en agua hirviendo.

—¡Aquí!

Smokey pasó junto a ellos, y para proteger su mano se la envolvió con la gruesa tela de la camisa. No se arredró a pesar de que no pudo reprimir un lamento a través de los dientes apretados, al sentir cómo el calor penetraba a través de la envoltura.

Con un chasquido parecido a un disparo, la puerta se abrió de repente y empujó a Smokey hacia atrás. De pronto, como si acabaran de abrirse unas compuertas, se vieron inundados; pero no por agua.

Bryan tardó unos momentos en advertir que podía tratarse de sangre, puesto que la cantidad era exorbitante. Aquella oleada le envolvió las piernas como puede hacer una de esas olas gigantescas que escupe a veces la playa. Era espantosamente cálida y tenía la fuerza suficiente para casi derribarlo. Sin embargo, pensó que si sucumbía y caía de rodillas con las manos al suelo, moriría con toda seguridad.

El líquido se escurría y se derramaba escaleras abajo con el fragor de una verdadera catarata. ¿Podía ser que una habitación contuviera tanta sangre? ¿De dónde salía? Ni un elefante habría derramado tal cantidad si se hubiera desangrado por completo.

Algo en él, su parte más racional, lo sabía; pero el intenso sabor a cobre de la sangre le taponaba la nariz y la garganta y le imposibilitaba pensar, respirar. No quería mirar el interior de la habitación porque cada partícula de miedo que quedaba en él se lo impedía; aun así, no podía evitarlo. «Aquí no puede haber vida. Aquí no puede vivir nada.»

No obstante, sí, algo vivía. Suspendida de un gancho colgaba una figura pequeña que se debatía débilmente. Tenía hundida en la carne del cuello una enorme púa metálica, como uno de esos trozos de carne que cuelgan de los mostradores de los carniceros. A pocos centímetros del suelo colgaban los pies, calzados con zapatillas de deporte, de los que goteaba sangre, la cual formaba un charco debajo de ellos.

«Muchísima sangre». En aquel momento a Bryan le pareció que el torrente de sangre que se había precipitado a su paso no había sido nada, no tenía importancia alguna, sino que era absolutamente insignificante comparado con el lento y persistente goteo que manaba del cuello de la criatura que estaba allí colgada.

Lo más extraño de todo fue que durante una breve fracción de segundo no fue más que una figura, una forma vagamente humana que su cerebro fue incapaz de identificar. Durante aquel breve instante no hubiera sabido decir siquiera a qué sexo pertenecía ni qué edad podía tener. Sin embargo, de pronto, con la misma seguridad que hace imposible dejar de ver algo, aunque sea una ilusión óptica, una vez visto, supo que aquel ser era Adam.

Jake gritó algo a su lado, pero lo que Bryan le oyó gritar fue «Lucy». Pero se equivocaba. ¿Acaso no veía que era Adam? Bryan intentó entrar en la habitación, sin saber qué haría una vez dentro, pero sabiendo que debía entrar. Tenía que estar junto a su hermano. Pero ¿por qué no se movía? Su cuerpo estaba inerte, algo le impedía moverse.

Se dio cuenta de que Smokey le gritaba algo desesperadamente y de que los sujetaba, a él y a Jake, como si fueran perros salvajes que pugnaran por librarse de la traílla. Pero ¿qué gritaba? ¿Eran palabras? Bryan no oía nada, no veía nada; sólo a Adam.

Tenía los ojos de Adam fijos en los suyos. Era imposible que hubiera vida en ellos, imposible que no fueran otra cosa que órbitas vidriosas, pero estaban clavadas en sus ojos, con su gris hipnótico cargado de dolor y de acusaciones. 59

«¿Por qué dejaste que ocurriera, Bryan? ¿Por qué no me ayudas?»

Lo intentaba, trataba de hacerlo, pero Smokey no le dejaba. Bryan soltó un sonido inarticulado, trató de desasirse, pero todo fue inútil.

Los alaridos de Smokey comenzaban a cristalizarse en algo parecido a palabras, sonidos casi comprensibles para Bryan. Lo odiaba porque lo retenía y le gritaba aquellas palabras que estaban empezando a entrarle y a distraerlo de lo más importante del universo.

«Trece.» Al oír aquella palabra sintió un escalofrío automático que le bajaba por la columna vertebral y traspasaba el pánico que se había apoderado de él. «Adam.» Pero no, un momento, allí tenía a su hermano, colgado ante él y muriéndose. Se moría porque Bryan no podía llegar hasta donde estaba. ¿Qué poder tenía dar unos estúpidos pasos contra aquello?

¿Pasos? ¿Qué tenía que ver esto con los pasos?

«Es el paso número trece. Bryan, es el paso número trece. No entres. ¡No...»

—... entres! Bryan, Jake, ¿me oís? ¿Me oís?

Entonces, como una burbuja que acabase de estallar, aquella figura colgada dejó de ser figura para ser sombra; menos que sombra. Podía verla aún, pero era como un dibujo pintado en un cristal, colocado delante de algo más. Algo más oscuro...

—Te oigo, Smokey, te oigo.

A Bryan su propia voz le sonaba bronca, como si hiciera un año que no la oía. Se dio cuenta de que Smokey prácticamente lloraba de miedo y de contrariedad al tratar de contener a Jake, que se debatía furiosamente y era más alto y fuerte que él.

Bryan acudió en su auxilio y lo ayudó a sujetar al chico mayor por el brazo y a frenarlo. Jake también lloraba y no paraba de gritar:

—¡Ya voy, Lucy, ya voy!

—Escucha, Jake, ¿me oyes? —Bryan se encontró abofeteando a su compañero sin tener conciencia siquiera de lo que hacía—. ¡Todo eso no ocurre de verdad, Jake, no ocurre de verdad!

Jake, con los ojos nublados por la confusión, se volvió finalmente hacia él. En aquel instante, cuando apartó la vista, la figura dejó por completo de existir.

—¿Qué...?

Bryan tuvo la sensación de que volvía cierta cordura a los ojos oscuros que estaba mirando, pero no se atrevía a esperar para ver qué pasaba. ¿Sabía alguien acaso qué otra cosa podía depararles aquella maldita casa?

—¡Ayúdame, Smokey!

Entre los dos auparon al chico mayor escaleras abajo. Sin embargo, esta vez Bryan no contó los peldaños. No tenía conciencia siquiera de que sus pies tocaran el suelo. Empujaron precipitadamente a Jake por la puerta, que volvía a estar abierta de par en par, y que se cerró detrás de ellos con un portazo tan violento, que parecía que anunciase el fin del mundo.

61

Nueve

*E*l sol brillaba como antes cuando los tres cayeron desplomados y sin aliento en el jardín delantero de la casa. Smokey se restregó las manos con gesto compulsivo en las perneras de los vaqueros hasta que se dio cuenta de que no tenía nada que restregarse.

—¿Qué diablos...? —Se miró los dedos completamente desconcertado.

—No hay manchas de sangre —corroboró Bryan esforzándose en ponerse de pie y observando su estado—. ¡Ni pizca de sangre!

Sin embargo, todavía sentía en las piernas aquella horrible envoltura caliente de la oleada de sangre al abrirse de golpe la puerta... Se quedó mirando fijamente a sus compañeros mientras el corazón seguía golpeándole el pecho.

—¿Ha sido real?

—En parte, sí.

Jake levantó la palma de la mano para mostrarles la piel cubierta de ampollas por haber asido el picaporte de la puerta cuando estaba al rojo vivo.

—¡Oh! —se compadeció Smokey, dando un respingo presa del horror.

Detrás de ellos se oyó un debilísimo chasquido que, debido a que tenían los nervios a flor de piel, sonó a oídos de Bryan tan potente como un disparo. Todos se volvieron en redondo y vieron cómo la puerta de la casa se abría lentamente.

—Antes se ha cerrado de golpe —dijo Jake, cuya voz dejaba traslucir un sentimiento de pánico—. Yo lo he visto... se ha cerrado de golpe y ha quedado atrancada.

—¡Vayámonos de aquí de una vez! —exclamó Bryan con premura, de nuevo con el sabor acre del miedo en la voz.

Smokey capitaneó al grupo camino de la huida, pero se detuvo a pocos pasos de la acera y miró a sus compañeros con desaliento.

—¡Oh, no! ¿Cómo vamos a...? —Se le apagó la voz como si acabara de darse cuenta de que la alternativa no era precisamente quedarse en el jardín—. ¡Oh, diablos! —Con actitud sumisa dio unos pasos adelante—. Por lo visto, hoy no es mi día.

Corriendo tras él por el sendero del jardín, Bryan vio aparecer de repente lo que había frenado a Smokey: era Nina, que se acercaba a través del camino, ataviada con un pantalón corto y una blusa de un llamativo color rosa. Era imposible que no los hubiera visto.

—¡Eh, cría! —le gritó Smokey desde la distancia, tomando la iniciativa—. ¿Se puede saber qué haces aquí? No puedes andar sola por ahí.

—Tengo que encontrarme con Becca —le respondió Nina a la defensiva—. Mamá me ha dado permiso.

—¡Sí, seguro que te ha dicho que vinieras aquí! —exclamó Smokey con aire protector, recordando enérgicas amonestaciones familiares acerca de lo peligroso que era Redford—. Se supone que tienes que ir acompañada, aunque sólo te alejes un par de calles de casa.

—Pero ¿qué dices? ¡Si Becca vive en el almacén de abajo! —protestó Nina haciendo girar los ojos con aire incrédulo—. ¿Se puede saber quién eres tú? ¿Mi abuela? Y otra cosa, ¿qué haces tú aquí? —Miró a los tres con desconfianza, como queriendo averiguar de qué jardín habían salido—. ¿Venís de la casa del Viejo Pete? ¡Estáis hechos polvo! —les dijo la niña, que ya empezaba a sonreír—. Como mamá se entere de que andas por ahí buscando fantasmas, te mata.

—Aquí nadie busca fantasmas —replicó Smokey, aunque sólo consiguió responder con una sonrisa escéptica ante la insinuación; Bryan ni siquiera hubiera sido capaz de ello—. ¿Y quién es ese Pete?

La niña le dedicó una expresión mordaz.

—Vive aquí. Y visita la casa. Todo el mundo lo sabe.

—Eso quiere decir que todo el mundo es idiota. No se te ocurra meterte en la casa a buscar fantasmas —la previno su hermano—. De lo contrario le diré a mamá que te he visto sola por la ciudad. Y como se lo diga, ¡vas lista!

—Tú has entrado.

Nina se cruzó de brazos para darle a entender que no estaba impresionada lo más mínimo.

—Para coger una pelota de tenis que había caído en el jardín —dijo Jake echándole un cable.

La niña le dirigió una mirada igual de incrédula que la que había dirigido a Bryan, como si quisiera demostrar con ella que cualquiera que fuese compañero de su hermano mayor le merecía tan poco respeto como éste.

—¿Y dónde está la pelota? —preguntó Nina.

—Se nos ha perdido entre los arbustos —dijo Smokey, enfurruñado—. Y ahora, ¿quieres hacer el favor de...?

—¿Qué te ha pasado en la mano? —lo interrumpió Nina mirando a Jake.

Él se restregó la mano enrojecida con aire culpable.

—Me he quemado... esta mañana —explicó el chico precipitadamente.

—Oye, deja de meter las narices donde no te llaman, ¿quieres? —estalló Smokey empujando a su hermana lejos del grupo de sus amigos—. Y ahora, vete a chinchar a Becca y déjame en paz. Tenemos cosas mejores que hacer que pasarnos el día haciendo de canguros.

—Pienso decir a mamá que te he visto entrar en la casa del Viejo Pete —lo amenazó.

—No se lo dirás porque no me has visto y en cambio yo sí te he visto rondando por sitios donde no tendrías que estar. Y tengo testigos. —Indicó a Bryan y a Jake.

Nina puso una cara larga.

—Me da igual —suspiró, superada por la situación, pero decidida a no darse por vencida—. Pienso decírselo igualmente; a menos que me des dinero para un helado —se apresuró a añadir.

Smokey le lanzó una mirada de odio, pero hurgó en el bolsillo y sacó unas monedas que puso en la mano expectante.

—No tengo más, y me lo devolverás del dinero de tu próxima paga —puntualizó Smokey.

—Ni lo sueñes —dijo, contenta de haber conseguido sacarle aquel dinero y antes de desaparecer.

Smokey hizo unos movimientos con la cabeza al verla alejarse.

—Lo siento —dijo con un suspiro—. ¡Esa pesada de mi hermana!... —Se metió las manos en los bolsillos y miró a sus amigos—. ¿Dónde vamos ahora?

—A cualquier sitio que no sea éste —dijo Bryan, convencido del peligro.

La sensación de que la casa los observaba había vuelto; y esta vez estaba deseosa de venganza.

Al final decidieron ir a casa de Jake. Éste les hizo subir al desván, una habitación acogedora, aunque de techo bajo, con un tragaluz por el que se colaba un poco de sol. Había algunos cojines y un equipo de música estéreo, pero la mayor parte del espacio estaba ocupada por montones de libros desperdigados por el suelo. Colgada de una viga había una foto en la que se veía a un Jake más joven junto a una chica rubia y sonriente. Bryan supuso que se trataba de Lucy.

—Perdón por el desorden —se disculpó Jake, apartando papeles con un pie para liberar espacio—. No suele venir nadie. En otro tiempo Lucy y yo pasábamos muchos ratos aquí arriba y fumábamos. Bueno, fumaba ella —se corrigió vagamente—. En aquel entonces yo no fumaba.

Bryan se dijo que a lo mejor había adquirido la costumbre porque de aquella extraña manera prolongaba la presencia de Lucy, pese a no ser la forma más sana de preservar su recuerdo... Sin embargo, ¿con quién iba a hablar de ella?

Con todo, era extraño. Aquel escondrijo íntimo compartido por Jake y Lucy estaba exento de la opresiva y agobiante sensación que Bryan asociaba a la antigua habitación de Adam y a los lugares donde sentía la presencia de su hermano. Ojalá hubieran sido como aquel desván: lugares seguros y poblados de recuerdos; no aquellos sitios que parecían robarle el aire y ahogarlo lentamente.

Se preguntó si la casa de Lucy Swift era como la suya. ¿Se arrastraban por ella sus padres igual que zombis y hablaban sin hablar realmente? ¿Había zonas de la casa donde no entraban nunca, habitaciones llenas de cajas que nadie tocaría jamás? ¿Tenía Lucy un hermano pequeño atormentado ahora por la sensación de ahogarse en silencio cuando se movía por los lugares que ella solía frecuentar?

Apartó de sus pensamientos aquellas consideraciones. No estaba bien echar la culpa de todo a sus padres, no estaba bien considerar que si vivir en aquella casa era como vivir en una tumba era porque ellos lo querían así. No tenían la culpa de haberse olvidado, desde el día que desapareció Adam, de que él también existía.

Quiso alejar aquellos pensamientos y obligarse a pensar en la colina del Rey.

—Aquella casa es como una planta carnívora —dijo en

voz alta—. Nos ha atraído y ha cerrado la trampilla..., pero hemos escapado.

—Y después ha vuelto a abrirla por si pasa algún incauto —dijo Smokey con voz sombría.

—O por si pasan los mismos y son tan imbéciles de volver a entrar —dijo Bryan, pensando en la puerta que se había abierto de nuevo.

¿Acaso no había habido, en el fondo, aquel sentimiento de miedo que volvía, aquel algo más? ¿Un minúsculo deseo, por muy enterrado que estuviera, de volver a entrar? ¿De caer de nuevo en la trampa y de ver si podías escapar por segunda vez?

El rostro de Jake se tiñó de una expresión de tristeza.

—Era ella —dijo en voz muy baja—. Era Lucy. ¡La he visto!

Los miró directamente a los ojos, como si los retase a disentir de él.

—Sé que la has visto —dijo Smokey con voz suave—, pero no era ella. No era ella.

—Ella... Ella...

—Algo parecido... ¡Yo qué diablos sé! Debe de ser una ilusión o algo parecido. El Oscuro hace que veas lo que él quiere que veas.

—Yo he visto a Adam —dijo Bryan hablando en voz baja.

En aquel momento se dio cuenta de que había visto al Adam de cinco años atrás, había visto a un niño de diez años. Si Adam estuviera..., si existiera en un absurdo universo paralelo donde pudiera vivir, ahora tendría quince años, sería un muchacho hecho y derecho, no un niño más pequeño que el propio Bryan.

Aquello lo ayudó a encontrar la manera de convencer a Jake.

—Jake, ¿qué aspecto tenía?

Jake frunció el ceño.

—¿A qué te refieres? Pues... tenía el aspecto que tenía Lucy. Su aspecto de siempre.

—¡Claro, su aspecto de siempre! —repitió con toda intención Bryan como un eco—. Piénsalo bien, Jake. ¿Cuándo desapareció? ¿Hace un año? ¿Te ha parecido mayor ahora, Jake? ¿Tenía el cabello más largo? ¿Estaba más gorda, más delgada? ¿Era más alta?

—Yo..., yo..., no... —dijo Jake lentamente—. La he visto exactamente igual que siempre. Igual que cuando desapareció.

Bryan puso las manos en los hombros de Jake.

—No era real, Jake. Nada de lo que hemos visto era real.

A modo de respuesta, Jake tendió las manos con las palmas para arriba.

—Esto es real —dijo indicando las ampollas de su mano derecha.

Bryan se subió las mangas para mostrar los cortes que se había hecho el día anterior durante la enloquecida huida entre los setos.

—¡También esto! No digo que no pueda hacerte daño. Puede hacerte muchísimo daño. Pero también puede hacer que veas cosas que en realidad no existen. Puede hacerte ver lo que quiere que veas.

—¿Crees que lo que ocurrió... fue eso? —preguntó lentamente Smokey—. ¿Todos los chicos vieron ese tipo de cosas cuando él se apoderó de ellos?

—Estoy seguro —dijo Bryan con acento sombrío—. Saca fuera cosas que llevas en... la cabeza. Lo que más te asusta, lo que temes ver... Utiliza tus pesadillas contra ti.

Jake se inclinó hacia delante con aire pensativo y apoyó la barbilla en el puño cerrado.

—Si eso es verdad, quiere decir que se alimenta de nuestras creencias. Viene a ser como una especie de parásito. Tiene directamente en sus manos los hilos de las leyendas, de las canciones... Es casi como una fórmula con la que nos dice exactamente qué cosas debemos creer. De ese modo mete miedo a la gente.

—Pues le sale muy bien —dijo Smokey temblando ligeramente—, porque lo que es a mí, me ha metido un miedo de todos los diablos. —Se rodeó las rodillas con los brazos y se oyó el crujido de las bolas de polietileno que llenaban el cojín al desplazar el peso del cuerpo.

Bryan había observado que Smokey no disimulaba su ansiedad. No evitaba poner nombres a las cosas que habían sido silenciadas en su propio mundo y que parecían durar para siempre. Tal vez por eso había sido el primero en romper el silencio y acercarse a alguien para decirle: «Yo he visto eso, ¿me crees?».

Bryan había estado tanto tiempo contando a oídos sordos lo que le había ocurrido a Adam que ya no se le ocurría volver a intentarlo.

—¿Tú que has visto, Smokey? —le preguntó de repente.

Smokey hizo unos movimientos lentos con la cabeza.

—Ni siquiera lo sé. He estado un momento pensando... que veía... —se calló un instante y pareció preocupado—, pero enseguida los dos os habéis puesto a gritar y a decir uno que era Adam y otro que era Lucy... Entonces se ha desvanecido todo.

—Has salido de la ilusión —corroboró Jake— porque, a lo mejor, él no sabía muy bien qué debía mostrarte. Nosotros dos hemos entrado sabiendo..., esperando... algo determinado. El miedo estaba allí, preparado para salirnos al encuentro en cuanto entráramos en la habitación. Pero, en tu caso, el Oscuro debía cavilar más, sondear y averiguar algo que encajase y eso le ha exigido más tiempo. No podía tendernos una trampa a los tres sirviéndose del mismo procedimiento.

69

—Entonces, ¿qué?

Bryan se encogió de hombros con un gesto excesivamente agresivo. Sus instintos todavía no se habían acomodado al ambiente más tranquilo donde ahora se encontraban y sus nervios aún estaban a flor de piel.

—Pues que nosotros también tenemos poder —continuó Jake—. Lo que importa es lo que creemos. Las formas que él adopta salen de nosotros, no de otro sitio, lo que quiere decir que si se sirve de nuestros miedos y de nuestras pesadillas para conformar la realidad, en cierto modo también nosotros lo controlamos a él.

—No mucho, en realidad —dijo Bryan con una mueca.

—No lo sé —dijo Jake bajando aún más la voz y volviéndose para mirar directamente a los ojos a Bryan—. Sin embargo, a mí me parece que si creer que puede hacernos daño permite que nos lo haga..., creer que nosotros podemos hacérselo a él, también lo permite. Si aquello que creemos le da poder, también se lo quita.

Diez

Después de un largo silencio, Bryan lanzó un suspiro de cansancio.

—¡Vamos, vamos, qué tontería! No se puede... No es como para empezar a palmotear y a gritar: «Creo en las hadas». No, no es eso. No es que yo pueda coger ese lápiz y decir: «Con ese lápiz voy a matar al Oscuro», y resulte que es verdad. No, no es así como funciona.

—Pues yo creo que sí —le corrigió Smokey hablando muy lentamente—. Nada de lápices. No tienes motivo alguno para creer en lápices. Sin embargo, si todo lo que hace o presenta el Oscuro procede, en realidad, de la mente de los demás, entonces ha de tener por fuerza alguna influencia sobre él. Tal vez si algo que has hecho provoca que tengas motivo para creer en él... Si hubiera alguna manera de descubrir más cosas sobre él...

—¿Cómo? —preguntó Bryan, intrigado—. No hay nadie que hable nunca de ese tipo de cosas, ni siquiera en broma, ni tan sólo como una leyenda. Yo lo sabría.

Smokey se volvió hacia Jake sin por ello dejar de recostarse en el cojín lleno de bolas de polietileno.

—¿Qué dicen los libros? Seguro que a esas alturas ya te has leído todas las referencias sobre Redford de los libros que has consultado.

Por las trazas, tenía los datos almacenados en el desván.

Jake se encogió de hombros como si le molestase que se entrometiesen en sus investigaciones.

—Tengo algunos libros de historia, pero... esto no quiere decir que haya averiguado lo que buscaba. Me refiero a que, hasta hoy, nunca... —Se echó a reír, algo nervioso—. En fin, nunca había visto una cosa como ésta. —Abrió y cerró la palma de la mano quemada y se quedó mirándola como si fuera la única cosa que lo conectaba a unos recuerdos tan increíbles como aquéllos—. Me cuesta creer que haya podido ocurrirnos una cosa así, ¿no os parece?

Bryan no sabía si se lo parecía o no. Para él era como si todos los recuerdos de su primera infancia se acumulasen y se canalizaran en aquel día de hacía cinco años; en aquel día en el bosque. De hecho ya no podía recordar qué era vivir sin la sombra del Oscuro planeando sobre él.

Smokey echó una ojeada a los montones de libros con aire compungido.

—¿Significa que hay que revisar todo el material? Lo digo porque si vierais la nota que saqué en mi último trabajo de historia...

—Espera un momento. —Jake se inclinó ante él y hojeó uno de los libros—. ¿Cómo dijo tu hermana que llamaban a la casa? Es que me parece que he leído algo sobre esto... —Revisó el índice y seguidamente cerró el libro—. A lo mejor está en éste. Un momento, por favor.

Hojeó rápidamente las páginas de otro libro como si no hubiera hecho otra cosa en su vida. Pese a todo, Bryan seguía preguntándose cómo era posible que hiciera tanto tiempo que Jake estaba investigando cosas relativas a la ciudad y no se hubiera topado nunca con el Oscuro. ¿Cómo podía haber roto el pacto de silencio aceptado por todos si de veras no creía...?

—¿En serio que nunca has visto nada? —le preguntó—. ¿Nunca en todo el tiempo que llevas investigando?

—¿Qué? —preguntó de manera vaga el mayor de los tres chicos, absorto en las páginas del libro.

—Tienes que haber... ¿De veras que no has visto... o sentido nunca...?

Bryan no estaba seguro de poder expresar con palabras qué era tener conciencia de la presencia del Oscuro, captarla con todos los sentidos como una densa e invasora marea de amenazas.

—Bueno... —dijo Jake con aire distante, como si estuviera más absorto en lo que estaba examinando que en lo que decía—. Una vez... creo que vi... ¡Uf! —exclamó interrumpiendo bruscamente la frase. Se irguió—. ¡Sabía que lo había leído en algún sitio! Mirad... La colina del Rey. Lo de la casa de Pete me ha refrescado la memoria.

Bryan y Smokey se inclinaron sobre el libro al tiempo que él lo giraba hacia ellos. Al poco rato, Bryan se irguió con expresión contrariada.

—Trae poca cosa —dijo.

—No es mucho, lo sé —admitió Jake encogiéndose de hombros—, pero los rumores son ciertos. En esa casa se suicidó un hombre.

—Peter Hayward —dijo Smokey leyendo el nombre en el libro—. Supongo que esto explica quién es el llamado Viejo Pete. ¿Quién era, dicho sea de paso?

—Nadie importante —replicó Jake—. Era un hombre que trabajaba en el viejo hospicio para niños. Dejó de trabajar cuando lo cerraron y un buen día, de pronto, sin que nadie supiera por qué, se colgó.

Smokey frunció el ceño.

—A lo mejor Nina tenía razón cuando ha dicho que el hombre rondaba por la casa. Me refiero a que si realmente hay un fantasma...

—Pero es que ese viejo no murió hasta tiempo después de que los niños empezaran a desaparecer —puntualizó Bryan acompañando las palabras con unos movimientos de la cabeza—. Lo más probable es que no tenga nada que ver

73

con él. No es más que una de esas historias terroríficas que circulan por ahí. Seguro que como el hombre se suicidó en esa casa, la gente va diciendo que ésta tiene que estar embrujada. Si el Oscuro saca su poder de lo que da miedo a los niños, probablemente se instaló a partir del momento en que comenzaron a circular los rumores.

—Aun así, tiene que haber una razón —insistió Jake—. ¿Por qué esa casa? ¿Por qué Hayward?

—¿Por qué no Hayward? —preguntó Bryan—. ¿Por qué yo, por qué tú, por qué él, por qué quien sea? No tiene por qué existir una razón, una lógica.

Sintió aflorar la acostumbrada fuente de amargura y cayó sobre ellos una extraña capa de silencio. Irritado, apartó con el codo un montón de papeles para reposar la barbilla en las manos.

—De todos modos... —dijo Smokey con voz suave un momento después—. ¿Por qué aquel solar que hay detrás de la estación? El Viejo Pete era una persona real, su casa tiene una historia... ¿Por qué la estación del tren?

—La estación es nueva —observó Jake, que ya había metido la nariz en otro libro de historia—. La construyeron a principios del siglo pasado. —Al parecer no se le había ocurrido que había quien no podía considerarla estrictamente «nueva»—. Hubo que derribar muchos edificios viejos para que pudiera pasar el tren. Recuerdo que leí algo sobre las protestas que hubo. Lo que no sé es qué había aquí antes. A lo mejor una fábrica o vete a saber qué.

—Podríamos ir a echar un vistazo —sugirió Smokey en voz muy baja.

Bryan se volvió hacia él, sorprendido.

—¿Por qué?

—Quiero saber qué pasa, Bryan —dijo muy serio—. ¿Qué habría pasado si no llega a aparecer alguien en la esquina cuando encontré al Oscuro? ¿Y si esta vez hubiera sido mi hermana? Necesito saber por qué ocurren esas cosas en esos sitios. ¿Y por qué en Redford, además? Quiero saber si podemos pararlo todo.

Bryan hubiera querido discutir, gritar a Smokey que todo aquello no serviría de nada, pero al verlo tan decidido, se le quedó congelada la energía en el pecho y no sintió más que una especie de gran náusea y... un inmenso cansancio. No sólo cansancio por todo lo que había ocurrido aquel día, sino por todo lo que había vivido durante los últimos cinco años. Exhaló un hondo suspiro.

—Pero... ahora no, ¿de acuerdo?

Se apartó los cabellos de la frente. Llevaba el pelo demasiado largo. ¿Cuándo había ido a la peluquería por última vez? Sus padres ya no pensaban en ese tipo de cosas.

Volvió a suspirar, sabiendo que los demás lo estaban mirando, imaginando quizá que lo observaban con ojos acusadores.

—Quizá podríamos ir..., pero ahora no. Esta noche. O cuando sea. A propósito, ¿qué hora es?

Smokey miró el reloj, soltó una palabrota y se levantó.

—¡Si son las cuatro y media! ¡Mi madre me mata! ¿Me dejas telefonear, Jake? Siempre digo a mi padre que me hace falta un móvil, pero ni por ésas.

A Bryan ni se le habría ocurrido siquiera pedir un móvil a sus padres. A lo mejor se lo habrían comprado sin rechistar, dado el estado zombi en el que vivían, pero ¿de qué le habría servido? ¿A quién habría llamado?

—¡Sí, claro! El teléfono está abajo.

Bajaron los tres del desván y a Bryan le deslumbró la diferencia de intensidad de la luz. Sentía retortijones en el estómago que le recordaron que no había comido más que medio cuenco de cereales pastosos en todo el día. Era curioso que el terror pudiera quitarte el apetito.

Esperaron en el recibidor mientras Smokey llamaba a su

75

casa. De pronto apareció por la puerta unido al cordón del teléfono.

—¡Eh, chicos! ¿Queréis venir a cenar a mi casa? Mi madre os invita.

Bryan hubiera querido negarse, pero Jake ya refunfuñaba algo acerca de dejar una nota escrita a sus padres y Smokey había dicho a su madre que sí, que de acuerdo, y había colgado antes de darle tiempo a inventar una excusa aceptable. Pensó, pues, que lo mejor era telefonear a sus padres, pese a que dudaba de que lo hubieran echado de menos de no haberse presentado a cenar. Llamaba tan raramente a su casa que tardó unos momentos en recordar el número de teléfono.

—¿Diga? Holden.

Menos mal que quien respondió fue su padre. Era más fácil hablar con él que con su madre. Hablar con ella era como hacerlo con una vieja muy sorda pero bien educada; alguien que se limitaba a asentir siempre con el gesto y a murmurar por lo bajo, independientemente de lo que pudieras decirle: «Mmmmm...».

—¿Papá? Soy Bryan.

No dijo «soy yo» por miedo a desencadenar la fugaz esperanza de que fuera un Adam fugitivo que hubiera decidido volver a casa.

—Bryan —repitió su padre con voz amable, más como si hablara con un primo lejano que con su hijo al que veía todos los días.

—Que esta noche no voy a venir a cenar, ¿de acuerdo? Voy a casa de un amigo... Mi amigo Smokey. Te he hablado de él esta mañana...

Ya hablaba más de la cuenta, como siempre. Odiaba aquel cotorreo, aquel hablar y hablar sólo para llenar el silencio, como si bastara con ello para que sus padres se decidieran a dirigirle la palabra.

—De acuerdo, hijo. Hasta la noche —dijo antes de colgar.

A Bryan le hubiera encantado oír todo un interrogatorio del tipo de adónde vas, qué haces ahora, a qué hora vas a volver, por qué me lo dices tan de sopetón... Sin embargo, aunque hubiera telefoneado cinco minutos antes de la cena y hubieran tenido que tirar la comida a la basura, la respuesta hubiera sido igual de distante y fría. Sólo porque el teléfono era de Jake resistió la tentación de arrojar el aparato al otro lado de la habitación y de arremeter a puntapiés contra los muebles.

—¿Te dejan tus padres? —le preguntó Smokey, volviendo a meterse dentro.

—Sí, encantados —dijo Bryan que, aunque se dio cuenta de la amargura que dejaba traslucir su voz, era incapaz de disimularla.

Smokey pareció inquieto, pero no dijo nada. ¿Qué hubiera podido decir?

77

Once

Cualquier remota esperanza de cenar aislados en la habitación de Smokey se desvaneció en cuanto el padre de éste, un hombre cordial que hablaba con ligero acento africano y era una versión aumentada y más musculosa de su hijo, les abrió la puerta. Le dio una palmada en la espalda a Smokey al tiempo que le preguntaba dónde había estado, por qué había salido tan pronto de casa y quiénes eran sus amigos, pregunta esta última que lo indujo a volverse hacia Jake y Bryan y a hablar con ambos. Bryan distendió los labios en una sonrisa que le produjo dolor en toda la cara, respondió con toda educación y se dijo para sus adentros que ojalá la tierra se lo hubiese tragado en aquel mismo momento.

Ya dentro de casa, las cosas se pusieron peor. Ayer sin ir más lejos, al entrar en aquella casa con Smokey, había palpado la diferencia de ambiente con la suya y la consecuente desazón que le producía estar en una casa que era un hogar. Además, si el hogar rebosaba vida y se llenaba de voces era cien veces peor.

La señora Bacon era una mujer muy bajita pero extremadamente enérgica que no paraba de dirigirles deslumbrantes sonrisas mientras terminaba de preparar la cena. Hablaba a doscientos kilómetros por hora.

—Stephen, ve a buscar más sillas en la otra habitación. Nina, ¿ésa es manera de comportarse delante de los invitados? Deja ya el gato de una vez y prepárate para cenar. ¿Dónde están las esterillas nuevas? No, ésas no, cariño... ¿No recuerdas que quemaste una con la cacerola? Las otras. ¿Dónde habré dejado la cuchara?

Bryan se aplastó contra la pared para no estorbar, pero sin dejar de pensar para sus adentros que le habría gustado estar en cualquier otro sitio menos donde estaba. La casa de los Bacon desbordaba ruido, todos se movían de aquí para allá, topando los unos con los otros, hablando a la vez y cortándose mutuamente el paso.

Era la viva imagen de una familia caótica y feliz: un auténtico barullo.

—Y bien, chicos, ¿dónde habéis estado todo el santo día? —les preguntó la madre de Smokey mientras comían.

La cena fue espléndida y estuvo, además, muy bien presentada. Bryan estaba acostumbrado a las cenas insulsas y aburridas, ingeridas a cualquier hora, demasiado cocidas o casi crudas porque sus padres no se molestaban en aquellos detalles. Si por una parte la comida añadía una faceta absurda de remordimiento al disfrute de su ingestión, por otra, como llevaba tantas horas con el estómago vacío, se le indigestaba.

Al no estar habituado a que le preguntasen cómo había pasado el día, urdir una respuesta oportuna hizo que se atragantara. Por fortuna, Jake lo sacó del atolladero.

—Hemos estado recogiendo datos para un trabajo de la escuela. Es sobre la antigua población de Redford: cómo era antes de que construyeran la estación y las zonas más modernas de la ciudad.

—¿Para la escuela?

—Sí..., en parte —corroboró Smokey, quien, al parecer, mentía muy mal. No apartaba los ojos del plato y hacía como si quisiera servirse más salsa—. Es... muy interesante.

Nina soltó un bufido de desdén y distribuyó el brécol en torno al plato como si su mera existencia supusiera una ofensa.

—¡Bah! ¿Ir mirando casas viejas? Haríais mejor escribiendo sobre fantasmas.

—¡Nina!

Su madre le lanzó una mirada cargada de reproche, pero las que intercambiaron los chicos dejaron traslucir una ligera angustia. ¿Acusaría a Smokey de la expedición a la casa del Viejo Pete?

—¿Qué fantasmas? —preguntó Jake con cautela.

Nina sonrió con malicia ante la expresión colérica de su hermano, sentado frente a ella, pero se encogió de hombros al tiempo que bebía precipitadamente un sorbo de agua.

—En esta ciudad hay fantasmas por todas partes. Marcie Holliday fue una vez al bosque y vio...

—Nina, no quiero esos comentarios mientras comemos, por favor —dijo su madre soltando un suspiro; con aquella frase puso punto final a la discusión o la aplazó, cuando menos, para después de la cena.

—¿Quién es Marcie Holliday? —preguntó Jake en voz baja cuando se levantaron de la mesa mientras los padres de Smokey desaparecían en la cocina.

Smokey se encogió de hombros.

—Será una compañera de clase de Nina. ¿Crees que podría ser...?

—Se lo preguntaré. ¡Nina! —la llamó Jake.

Se volvió sorprendida al pie de la escalera con un revuelo de trenzas alrededor de la cabeza.

—O sea, que seguís con los fantasmas.

Les lanzó una mirada de desconfianza, aunque al parecer el deseo de contar la anécdota fue superior al de tomar el pelo a su hermano.

—En el bosque hay fantasmas —insistió Nina, esperando más bien escepticismo por parte de los chicos que una discusión abierta—. Marcie los vio una vez que fue al bosque con su padre.

—¿Qué fue lo que vio? —la presionó ligeramente Jake.

Bryan se quedó junto a ellos para escuchar, ya que carecía de la práctica suficiente para sonsacar información a niños de nueve años. El hecho de visitar los sitios donde hubiera podido frecuentar su compañía, lo que hacía en otro tiempo cuando vivía su hermano, ahora podía ser como recibir una puñalada en el corazón.

—Dijo que salieron del bosque —aseguró Nina cruzando los brazos, como a la defensiva, delante del pecho—. Y que daban muchísimo miedo. Eran niños pequeños... Como niños fantasmas que quisieran cogerla y llevársela con ellos. Dijo que cantaban.

—¿Qué cantaban? —dijo Jake frunciendo el ceño, aunque Bryan y Smokey ya habían cruzado una mirada de complicidad.

Nina lo observó mordazmente.

—¡Ya sabes! ¡La canción! La canción de ese juego, Las huellas del Diablo. «Uno es fuego, dos es sangre, tres tormenta y cuatro...»

—¡Pero no la cantes, tonta! —se apresuró a interrumpirla Smokey haciendo girar los ojos, muy nervioso.

Nina le respondió con una mueca. No continuó con la canción, pero, dentro de su cabeza, Bryan la prosiguió por su cuenta.

«Cuatro agua, cinco es ira, seis rencor, siete es miedo, ocho es horror...»

—Sí, eso. —Jake se echó a reír, nervioso—. Ya entiendo. ¿Y qué pasó? —insistió, apresurado—. Me refiero a Marcie y a los fantasmas.

81

—Pues que corrió junto a su padre como una niña pequeña —dijo Nina poniendo en las palabras todo el desprecio que le inspiraba el comportamiento de su compañera—. ¿Será boba? Si me hubiese ocurrido a mí, me habría acercado con una linterna y la cámara de papá y...

—Tú no te acercas al bosque para nada, Nina —le dijo Smokey muy serio agarrándola por el brazo.

Nina, molesta, se lo sacudió de encima.

—¡Uf, siempre lo mismo, Stephen! Que no soy una niña pequeña, ¿oyes?

—Sí, lo eres, y llorona además. Sabes de sobra que no puedes ir al bosque, o sea, que te guardarás de hacerlo. ¡Te lo digo muy en serio! —la amenazó.

Nina lanzó un dramático suspiro y miró al techo.

—¡Siempre igual! —Se dio la vuelta y subió escaleras arriba—. ¡Tranqui, nene! —le gritó al llegar al rellano antes de desaparecer en su habitación dando un portazo.

Smokey se limitó a hacer unos movimientos con la cabeza, a apoyarla en la pared y a levantar los ojos hacia el cielo. Parecía que iba a empezar a despotricar contra la pesada de su hermana, pero dirigió una mirada culpable de reojo a Bryan y se limitó a decir:

—¿Qué te parece esto?

—¿Lo de los fantasmas en el bosque? —dijo Bryan encogiéndose de hombros—. ¿Por qué no? Otra de las historietas de Redford —comentó con amargura—. Todos los niños ven cosas raras, pero las olvidan en cuanto se hacen mayores..., si es que llegan a serlo.

—No todos las olvidan —se apresuró a decir Jake—. Yo no, por ejemplo.

No obstante, sus palabras eran evasivas, como si quisiera convencerse a sí mismo más que a sus compañeros. Aunque Bryan podría haber insistido para aclararlo, quien habló fue Smokey, que preguntó con una sonrisa:

—Ya veo, lo que quieres decir es que tú no te has hecho mayor.

Los tres soltaron una carcajada, con lo que se desvaneció la tensión y, durante un momento, por lo menos, se sintieron a gusto.

Doce

$\mathcal{T}$odavía se entretuvieron un rato en casa de Smokey y procuraron no pensar demasiado en el Oscuro. ¡Bryan había pasado tantas tardes haciendo eso mismo! Lo extraño ahora era repetirlo una vez más, pero en esta ocasión en compañía. Sentía una rara impresión de distanciamiento, como si se viera actuar desde fuera. ¿Cómo era posible que los juegos cibernéticos fueran para él un mundo ajeno y que lo cotidiano consistiera en rehuir las fuerzas de la oscuridad?

Aunque, a decir verdad, meterse en la casa de la colina del Rey no había sido precisamente una huida. Habían escapado corriendo..., pero ya habían roto la ilusión antes de echar a correr. Mañana irían a la estación y harían lo mismo. Fisgarían en el nido de las avispas para tratar de descubrir de dónde venían y evitar que les picasen.

En cierto modo, ahora que tenía amigos, el suelo se había movido debajo de sus pies. No estaba seguro de si las pesquisas que realizarían serían de utilidad, pero jamás se le habría ocurrido hacerlas estando solo. Los cinco años últimos habían sido estériles, una aceptación automática de la realidad, pero ahora había alguien más que hacía preguntas y se daba cuenta de que también él quería conocer las respuestas.

—¿Por qué empezaste a investigar todas estas cosas? —preguntó a Jake cuando iban camino de casa a través de Wintergreen Avenue—. Me refiero a que si fue a raíz de que Lucy... desapareciera o...

Jake se encogió de hombros sin sacar las manos de los bolsillos de su chaqueta. A Bryan le sorprendía su manera de hablar de Lucy, que pudiera oír su nombre sin impresionarse. Jake estaba triste, eso sí, e indignado, por eso buscaba respuestas; le habían arrebatado a Lucy, no era que él la hubiera abandonado, que la hubiera dejado morir. Tal vez por eso podía pensar en ella sin que los buenos recuerdos fueran aniquilados por el remordimiento demoledor de lo que había ocurrido.

—No sé —dijo lentamente—. Siempre me ha interesado la historia. La mayoría de los libros del desván ya los tenía antes de que ocurriera aquello, pero cuando ella desapareció y todos renunciaron y dejaron de buscar... se convirtió para mí en obsesión, supongo. Empecé a revisar periódicos, a investigar lo ocurrido con todos los chicos que habían desaparecido porque quería demostrar... —E interrumpió y negó con la cabeza—. Bueno..., no sé muy bien qué quería demostrar. Quería que todos aquellos... idiotas... supieran que estaban ciegos, que ella no era una de esas adolescentes que se escapan de casa sin más. —Sonrió con ironía—. Pero nadie quiso escucharme.

—Sí, nadie escucha —confirmó Bryan recordando su propio caso—. Y como no te escucha nadie, al cabo de un tiempo dejas de hablar.

—Aun así, cuantas más cosas descubría... —Jake exhaló un lento suspiro— más me parecía que nadie había estudiado el asunto en serio. Porque de lo contrario, ¿cómo era posible que no lo hubieran visto? ¿Cómo era posible que hubieran visto la lista de niños desaparecidos y no se hubieran dado cuenta...? —Hizo una pausa—. No sé. Me parecía imposible. Así que seguí recogiendo datos, acumulándolos y me puse a estudiar los diferentes esquemas que seguían: los casos del bosque, los de la colina del Rey... Hasta llegué a preguntarme si existiría algún tipo de culto o algo parecido.

Me refiero a que estaba enterado de la leyenda del Oscuro,
por supuesto, pero...

—Pero ¿qué? —preguntó Bryan.

Tenía la seguridad de que Jake escondía algo o, por lo menos, que negaba algo. ¿Cómo era posible que Smokey, que
sólo llevaba dos años en Redford, se hubiera topado cara a
cara con el Oscuro mientras que Jake, que había pasado allí
toda su vida, no hubiera visto nunca nada?

—¡Vamos, Jake! —lo instó, procurando que el tono de
voz no sonara acusador—. No es posible que esta mañana
haya sido la primera vez que has visto algo. Tú te has criado
en Redford, por el amor de Dios, y no hay chico que viva
aquí que no haya visto alguna cosa.

Recordaba escenas de la escuela de párvulos y de primaria: maestras sonrientes que trataban de borrar de la imaginación de los niños visiones de fantasmas entrevistos en los
sótanos o de gnomos que atisbaban detrás de los árboles. A
continuación les decían que fueran a jugar ante las mismísi-
mas garras del Oscuro.

—Tal vez sea verdad —dijo Jake—, pero puedo jurar que
nunca he visto nada.

Bryan se habría visto obligado a dejar las cosas así de no
haber sido porque Jake, tras una larga pausa, añadió en voz
muy baja:

—Aquello no fue nada.

—¿Qué es lo que no fue nada? —saltó Bryan.

—¡Nada! —insistió el chico, enfurruñado, molesto al
parecer consigo mismo, no con Bryan—. Una vez creí que...
—Se calló y se limitó a negar con la cabeza—. No, fue culpa
mía. El miedo me lo creaba yo..., pero no fue nada.

Aunque Bryan hubiera querido presionarlo, decidió esperar. Siguieron caminando en silencio y cruzaron la calle en el
cruce de Geller Street. Tras unos minutos Jake continuó, como
si apenas tuviera conciencia de que Bryan estaba a su lado.

—Una vez vi un documental. Yo era muy pequeño..., tendría seis o siete años, no lo recuerdo muy bien. Era sobre lobos, unos lobos blancos... bellísimos. ¿Sabes qué quiero decir?

Bryan se limitó a asentir con la cabeza porque temía interrumpir el indeciso flujo de palabras.

—Yo estaba como hechizado, hipnotizado. Por aquel entonces tenía un gato y solía pasarme horas observándolo, pero aquellos lobos eran... algo diferente. Era increíble que pudiera existir una cosa así en el mundo. Parecían... dioses, dioses bajo la forma de animales. Y por otra parte, eran como fantasmas por su manera de moverse. Totalmente silenciosos, como si no estuvieran allí, como si pudieran pasar a través del resto del mundo. Como si lo que no era real fuera todo lo demás, no ellos.

Jake se quedó callado un momento; él y Bryan siguieron su camino en silencio. De pronto rompió a hablar de nuevo:

—Les vi cómo cazaban... entre los árboles. No recuerdo el sitio ni tampoco qué cazaban. Lo único que recuerdo es que aparecían de pronto, se materializaban y despedazaban a la presa. Y aquel animalito..., daba igual lo que fuera, importaba poco... Nada, nadie habría podido escapar a aquellos lobos, a aquellos dioses-lobos... Eran demasiado perfectos.

Bryan se fijó en que Jake, de manera casi automática, había vuelto la cabeza para mirar por encima del hombro; se preguntó si había sido consciente del gesto.

—Yo solía tener pesadillas —continuó Jake—. Estaba en un sitio donde había árboles y ellos también estaban allí. Me vigilaban, me acechaban. Los veía atisbándome y deslizándose entre los árboles. Sin embargo, de pronto desaparecían. Y tú lo sabías. Sabías que, mientras los vieras, estabas a salvo, pero que en cuanto desaparecían...

En un primer momento Bryan pensó que Jake había vuelto a interrumpirse, pero lo que sucedía era que su voz se había convertido en un murmullo inaudible.

87

—Una vez creí haberlos visto de veras. Yo estaba en el bosque con mi padre y volvimos para recoger algo que se le había caído. Y entonces vi... —Movió la cabeza, indignado consigo mismo—. Sin embargo, no era más que una sombra o... un perro u otro animal. Sería el perro lobo de alguien. Aun así, por un momento..., sólo por un momento, me pareció un lobo blanco.

En aquel momento se calló; Bryan pugnaba por decir algo. Pensaba, en realidad, que el lobo que había visto Jake era real, tan real como aquel ser colgado en la casa desierta o como el Oscuro que esperaba al final de Las huellas del Diablo. Sin embargo, Jake parecía haberse parapetado en un rincón y se negaba a dar crédito a aquella única cosa, a aceptar que los lobos de sus pesadillas pudieran cobrar vida. Bryan no sabía muy bien si era prudente arrancarle aquella idea.

Mientras iban caminando se había hecho de noche. «¿De noche? Si estamos en pleno verano.» Quiso ver la hora en su reloj, pero no distinguió la esfera. No podían ser más de las siete cuando habían salido de casa de Smokey, todavía faltaban horas para que se hiciera de noche. ¿Tanto tiempo se habían pasado hablando y caminando? ¿No tendrían que estar ya en casa de Jake? ¿Dónde estaban?

Entonces, a lo lejos, se oyó el aullido de un lobo.

Trece

De pronto los ojos de Jake se habían agrandado y a Bryan se le antojaron más blancos en la oscuridad.

—Parece un... perro muy grande.

Aceleró el paso, aunque Bryan pensó que aquello no mejoraría la situación.

—Eh, Jake... —dijo con un hilo de voz—. ¿Dónde hay que girar ahora?

El muchacho de cabellos oscuros se detuvo con expresión confusa, como si hasta entonces hubiera funcionado con el piloto automático. Miró, cada vez más desorientado, a su alrededor.

—Yo, pues... ¿En qué calle estamos?

—No lo sé —admitió Bryan, que ya empezaba a sentir la llegada del pánico.

¿Cómo podía ser que se hubieran perdido? Era imposible.

—Habremos... Nos habremos equivocado en alguna esquina. Si volvemos para atrás...

—¿Cómo que nos hemos equivocado? —preguntó Bryan—. Jake, nos hemos pasado aquí toda la vida. Y esta ciudad no es una metrópoli.

—¡Venga, Bryan, tranquilízate! —Era curioso que ahora que Bryan parecía perder la calma, Jake comenzase a recuperar la suya—. Estamos asustados y de noche todo parece distinto...

—¿De noche? ¡Jake, pero si estamos en julio!

—Entonces es que es algo más tarde de lo que creíamos.

—Dio media vuelta, decidido a desandar el camino—. Con sólo volver... —empezó a explicar, aunque se detuvo de pronto.

En silencio, mirándolos desde el final de la calle, había un lobo blanco. ¿Un lobo? Grande como un tigre y el doble de inmóvil. Los miraba con sus ojos desvaídos, carentes de expresión. Algo en cierto modo peor que si los hubiera mirado con ira u odio.

Su pelaje blanco como la nieve resplandecía con imposible fulgor en la oscuridad y los ojos de Bryan, que no se atrevía a moverse, amenazaban con licuarse como siguiera contemplándolo. Parpadeó y, en aquella fracción de segundo que duró el parpadeo, el lobo desapareció.

—¿Dónde ha ido? —preguntó, sorprendido por la rapidez con que había ocurrido todo.

—No he visto que se moviera... —dijo Jake, cuya voz sonó distante, muy lejana. Tenía los ojos clavados en el sitio donde acababa de ver al lobo.

Bryan miró frenéticamente a su alrededor y recordó de pronto las palabras que había pronunciado momentos antes su compañero: «sabías que mientras los vieras, estabas a salvo, pero así que desaparecían...».

En el otro extremo de la calle vio a otro lobo.

Su mirada era tan hueca y fantasmal como la del primero. Bryan se quedó helado y se obligó a mantener los ojos abiertos, como cuando esperaba a que le sacasen una foto. El lobo no se movía como un animal de verdad, no bostezaba, ni lanzaba bufidos, ni agitaba las orejas. Ni siquiera se le veía respirar.

Al oír un ruido detrás, se volvió. Nada. Cuando quiso mirar de nuevo al lobo, también había desaparecido. Se acercó más a Jake, que no se había movido en todo el rato.

—Deben de ser dos —murmuró.

—O toda una manada —contestó Jake con expresión sombría.

—Habrá que optar por una de las dos direcciones —decidió Bryan.

De aquella calle estrecha y desconocida no arrancaban travesías laterales; como los lobos irrumpieran en ella a la vez...

—¿Para qué? —preguntó Jake en el mismo tono inconexo—. Ellos corren más que nosotros.

—¡Pero algo habrá que hacer! —le espetó Bryan que había notado que el listón del pánico volvía a subir. No podía vigilar a la vez los dos extremos de la calle y estaba convencido de que cada vez que apartase de ellos la mirada aparecerían más lobos y seguirían observándolos con su mirada melancólica—. ¡Vamos!

Decidió que el extremo de la calle elegido era el más próximo y agarró a Jake por el brazo para obligarlo a que lo siguiera. Éste lo hizo de buen grado, pero a trompicones; con una expresión que tenía un aire ausente que a Bryan no le hacía ni pizca de gracia. Parecía un conejo deslumbrado por los faros de un coche, aniquilado física y mentalmente.

Al abandonar el final de la calle, Bryan cerró automáticamente sus manos y apretó los puños, como si pensase que podría vencer a aquellas enormes criaturas con la sola fuerza de sus manos desnudas.

No había lobos.

—¿Dónde están? —Miró a su alrededor y no vio ninguno; se habría sentido más aliviado de haber visto alguno.

Al parecer se encontraban en una confluencia de callejones, lo que era totalmente desatinado, por supuesto, porque no existía tal sitio en Redford... A nadie se le hubiera ocurrido crearlo en ninguna ciudad: un conjunto de estrechos callejones que irradiaban como mínimo en ocho direcciones rodeados de altas paredes, excesivamente altas. No habría sabido decir de qué calle venían. ¿Era un fulgor blanco lo que se atisbaba al final de un túnel?

«¿Un túnel? ¿No eran calles hacía sólo un minuto?» El mundo parecía desvanecerse como si se configurase uno nuevo. La pesadilla se confundía con la realidad a medida que el Oscuro iba estrechando el cerco a su alrededor... No eran sólo los lobos, sino todo cuanto los acompañaba, visiones que se remontaban a los tiempos primigenios en que el hombre vivía agazapado en cuevas a merced de las bestias que merodeaban a su alrededor.

De repente, y de una manera tan viva que Bryan llegó a temer que ocurriera realmente, se le apareció la imagen mental de ocho lobos que impedían cualquier salida de las ocho que convergían en el centro...

—¡Hay que moverse! —exclamó, al tiempo que con el hombro empujaba a Jake para que se metiera por uno de los túneles, elegido al azar—. ¡Vamos, vamos!

Habían escogido, aunque si ante ellos aparecía uno de los lobos... Los muros y el techo parecían cerrarse y caer sobre ellos. Bryan era consciente de que no tendría espacio suficiente para dar la vuelta en caso de desearlo; era algo horrible, porque tenía delante a Jake, que le precedía y era más alto y tenía los hombros más anchos. En caso de que tropezara, a Bryan le quedaba espacio. Salvo que ocurriera lo contrario.

No podía ver nada más allá de Jake; lo único que podía hacer era empujarlo literalmente y hacer rechinar los dientes ante lo que se le avecinaba: el momento en que Jake se detendría bruscamente pese a que él siguiera empujándolo o, peor aún, el momento en que se acercaría el lobo desde el otro extremo del túnel y se abalanzaría sobre él desde atrás...

¿Por qué no aparecían los lobos? ¿Dónde estaban? ¿A

qué esperaban? Bryan sentía la insensata necesidad de gritarles que siguieran adelante, que lo mordieran de una vez, que acabaran ya con todo.

Por supuesto que sabía por qué no habían acabado todavía con él y con Jake. Los monstruos nunca se limitan a atacar. Primero está el acecho, después viene la caza...

Mientras cavilaba en todas esas cosas, sintió una repentina bocanada de aire frío en la cara y salieron al campo abierto. Habían emergido de la boca de una cueva e ido a parar a una amplia extensión cubierta de árboles...

«¡Oh, Dios mío, el bosque no, por favor!»

¡Sin embargo, aquél no era el bosque de Redford! Ni en los pasados siglos, tal vez nunca, habían existido aquellos árboles en Redford. Aquéllos eran los árboles de los cuentos de hadas, los de esos bosques donde andan perdidos niños indefensos días enteros, donde acechan en la sombra desde siglos cosas oscuras no perturbadas por los humanos.

93

—¿Dónde demonios estamos? —oyó murmurar a Jake, pero, aunque le hubiera quedado aliento suficiente para darle una respuesta, no habría podido articularla.

Era una insensatez estar allí, era imposible... y pese a todo la situación parecía estar tan arraigada en su interior que no pudiera menos que considerarse natural. Aquél no era un lugar físico, sino más bien una pesadilla que poseía literalmente todos los elementos de muchos cuentos infantiles recordados a medias, historias fantásticas hechas ahora realidad. Esperaba casi ver aparecer a Caperucita Roja entre los árboles. Aunque en ese cuento que estaba viviendo no habría leñadores heroicos ni finales felices.

En su cuento, los lobos, animales grandes y feroces, los acorralarían y los desgarrarían vivos.

Se oyó otro aullido lastimero. Estaba lejos, aunque más cerca que el anterior, en la misma calle o en lo que había sido una calle. Bryan se volvió para mirar la cueva, pero también se había esfumado, como si hubiese sido un decorado ya innecesario en el escenario. Cuando el Oscuro movía los hilos de la situación, el tiempo y el espacio seguían las normas de una pesadilla... y el mal sueño ordenaba que, en cuanto aparecieran los lobos, se perdería en el bosque y no tendría dónde refugiarse.

El aullido de otro lobo se sumó al anterior, pero Bryan perdió la cuenta enseguida cuando el aullido solitario comenzó a expandirse hasta formar un coro, un lamento que si, por una parte, era aterrador, por otra, partía el alma por lo triste. Eran aullidos que parecían salir de todas partes; se adivinaba a distancia todo un ejército de lobos.

Estaban acorralados.

Catorce

*E*l coro de lobos calló de repente, no de la manera gradual como había empezado, sino abruptamente, como si acabaran de accionar un interruptor. El eco aún persistió unos momentos, flotando en el aire, sin que Bryan supiera a ciencia cierta si era un eco real o tan sólo el recuerdo de los aullidos reverberando en su mente.

Con un frío en los huesos capaz de proyectarle de forma directa a la Prehistoria, Bryan trató instintivamente de agarrar el brazo de Jake, que era el único contacto humano a su alcance en aquel lugar tan desesperadamente solitario.

Notó que su amigo, pese a ser mayor que él, temblaba, y vio que trataba de desasirse de él. Bryan se dio cuenta de que, por muy espantoso que fuera para él, debía de serlo más para Jake, puesto que la escena era la plasmación de una pesadilla que lo había atormentado toda la vida. Bryan insistió en averiguar qué le pasaba.

—Jake, ¿te encuentras bien? —le preguntó en voz muy baja, pese a estar convencido de que, por lejos que estuvieran, los lobos los oían: su respiración, los latidos de sus corazones, incluso el castañeteo de dientes de Jake.

Sí, Jake temblaba y con una violencia alarmante.

—Tengo mucho... frío —consiguió articular.

¿Frío? ¿No era el frío uno de los síntomas de la conmoción? Pero ¿qué era la conmoción? ¿Qué podía hacer? Bryan no disponía siquiera de una chaqueta o un jersey que ofrecerle. Lo único que llevaba encima era una camiseta de verano, mientras que Jake llevaba una chaqueta deportiva.

De repente acudió a la memoria de Bryan la imagen de Jake hurgando en los bolsillos de su chaqueta cuando estaban sumidos en la oscuridad de la casa de la colina del Rey y trataban de salir del atolladero.

—Jake, ¿tienes el mechero?

—¿Qué? —preguntó Jake con expresión desorientada, aunque su rostro apagado pareció animarse un poco.

Se revolvió los bolsillos. Tardó una eternidad en encontrar el mechero, pero le temblaban tanto las manos que estuvo a punto de caérsele. Bryan se apoderó rápidamente de él, temiendo que, si se les caía, jamás volverían a recuperarlo.

Aunque no temblaba tanto como Jake, tardó un rato en acertar a encenderlo porque el miedo le trababa los dedos; además, era la primera vez en la vida que tenía un mechero en las manos. Por fin consiguió que emitiera una minúscula llamita. Aun a sabiendas de que probablemente no destruiría con él aquel espejismo y de que tampoco podría calentarse con la llama del mechero, aquel diminuto punto de luz y de calor se convirtió para él en el centro del universo.

Además ayudó a Jake a centrarse un poco.

—¿Dónde están? —preguntó, nervioso.

Sus ojos saltaban rápidamente de un lugar a otro, lo que ya era un progreso después de su estado de zombi de pocos momentos antes. Aunque, dicho fuera de paso, Bryan pensó que sus miedos no eran, después de todo, descabellados.

—No lo sé —respondió Bryan.

Miraba a su alrededor, esfuerzo del todo vano ya que estaba sumido en la oscuridad y deslumbrado por la llama del mechero. Aun así, no podía estar mucho rato sin vigilar el bosque porque se le erizaba el vello de la nuca sólo de pensar que podía haber algún lobo acechándolo y a punto de arrojarse sobre él.

—¿Por qué estamos aquí? —le preguntó Jake desesperadamente.

—¿Adónde quieres que vayamos? —le preguntó Bryan por decir algo, pero sin saber por qué los dos echaron a andar en una dirección en particular.

No caminaban porque pensaran que llegaría un momento en que terminaría el bosque, sino porque querían hacerse la ilusión de que hacían algo, en lugar de esperar simplemente a que la manada de lobos diera cuenta de ellos. Estaban completamente rodeados y, con toda seguridad, los lobos estaban cada vez más cerca.

Bryan sabía que tendrían que huir a toda prisa, pero ¿adónde? No tenían un lugar en el que refugiarse y, realmente, si no veían lobos, tampoco tenían nada de lo que huir. No obstante, aquel avance lento y nervioso era peor que la huida alocada. En realidad, tenía menos de fuga que de ese momento de calma de las películas de miedo que precede siempre a la escena en la que el monstruo se abalanza sobre la víctima.

—¡He visto uno! —dijo Jake con voz sibilante, agarrándolo con fuerza por el hombro.

Bryan siguió su mirada, pero no vio nada. Dado el estado mental de su amigo, era imposible adivinar si había visto o no realmente alguna cosa.

Bryan se paró de pronto.

—No lo hacemos bien —afirmó.

—¿Cómo? —preguntó Jake, preocupado, tirando del brazo de su amigo—. ¡Venga, en marcha!

—¡No! —En la mente de Bryan se había disparado un resorte, el recuerdo de algo que había hablado anteriormente con Smokey—. ¿No te das cuenta? No lo hacemos bien.

—¿Qué quieres decir? ¡Esto es una pesadilla! ¿Cómo vamos a hacerlo mal? —exclamó Jake, dominado por el pánico.

—Una pesadilla, de acuerdo. —Bryan hizo chasquear los

dedos—. Son miedos, Jake, como decías antes. No es corriendo como se huye del miedo.

—Decirlo es fácil, pero el miedo es exterior y te asalta.

Bryan tragó saliva al ver una sombra plateada que se deslizaba, a poca distancia, entre dos árboles oscuros. Habían llegado a una especie de calvero, más bien una brecha entre árboles adyacentes.

—Creo que todos tenemos miedo —se corrigió y, dándose la vuelta, observó el árbol más próximo.

Era un árbol alto, de nueve metros de altura como mínimo; no era nudoso ni tenía la copa amplia, como los árboles del bosque de Redford, sino que era recto como un palo de telégrafo.

Seguramente formaba parte de la pesadilla el hecho de que no se pudiera trepar a él; aunque Bryan sabía muy bien qué era trepar a un árbol. Adam era campeón local de esa actividad; había sido una leyenda escolar.

Adam. Un recuerdo estremecedor, como si necesitara recordar que, pesadilla o no, no era fácil despertar de ese sueño. Se acercó al árbol y agarró una rama.

—¿Qué haces? —le preguntó Jake.

—Trepar. ¡Ayúdame! —refunfuñó Bryan.

—¡No puedes esconderte ahí arriba! —exclamó Jake, aunque se adelantó automáticamente para echar una mano a su amigo.

—¡No quiero esconderme! —repuso Bryan al tiempo que le devolvía el mechero—. ¡Que no se te caiga! Es nuestra última oportunidad.

—¿Qué oportunidad? —preguntó Jake—. No es más que...

—Es fuego, Jake, ¡fuego!

Comenzó a trepar árbol arriba. No quería mirar para abajo; no por vértigo, sino porque abajo estaban los lobos y sentía su acoso.

Agarró la rama más próxima y la partió, después se dejó caer al suelo y, con el apresuramiento, a punto estuvo de caerse de bruces. Dobló la rama y la partió fácilmente. Arrojó la mitad de la misma a Jake.

—¿Qué hacemos con esto, Bryan? —preguntó con voz desmayada sin mirarlo siquiera.

Bryan siguió la dirección de su mirada y la vio clavada allí donde la luz de la luna arrancaba fulgores a unos ojos desvaídos. A manera de respuesta, cogió el mechero de la mano insegura de Jake y puso la llama en contacto con un extremo de la rama. Prendió con sorprendente facilidad, lo que desmentía sus experiencias de lejanas noches encendiendo hogueras, tal vez por la extrema sequedad de la rama o por alguna otra causa...

Al volverse hacia Jake para prender fuego a su rama, lo que dejó un rastro luminoso parecido al de un cohete, sintió en la espalda un golpe terrible, como si acabara de atropellarlo un camión sin frenos.

Quince

*L*o primero que se le ocurrió fue exclamar: «¡Dios mío, qué fuerte!». Los lobos tenían las dimensiones de un hombre adulto bien desarrollado o, tal vez, eran incluso más grandes; pero no era de esperar que unos animales tan etéreos fueran tan pesados.

Bryan se habría derrumbado de no haber topado contra Jake; ambos se tambalearon. El aliento exhalado surgió con tal fuerza que tuvo la sensación de haber vomitado los pulmones.

Todo era confusión. ¿Cuántos lobos había en el calvero? ¿Tres? ¿Cuatro? ¿Veinte? De pronto no vieron otra cosa que brillo de colmillos y fulgores de zarpas. Algo le desgarró la carne con el fogonazo del dolor más intenso que había sentido en la vida. Y lanzó un grito.

Oyó los gritos desgarradores de Jake desde el otro lado del calvero, aunque no habría sabido decir si eran de terror, de dolor o, simplemente, un intento de decir algo. Vio a su compañero dando palos de ciego con la rama que le había dado. ¿Golpeaba algo con ella? No hubiera podido asegurarlo.

Estaba en el suelo. ¿Cómo había ido a parar allí? ¿Se había caído acaso? Su pierna herida estaba completamente entumecida, como si la tuviera sumergida en agua helada.

Tenía muy cerca de la cara la cabeza de un lobo. Los labios levantados dejaban al descubierto los agudos colmillos y dibujaban una mueca aterradora; pese a todo, su expresión era distante, lejana. Estaba por encima de todo.

Bryan permaneció allí tumbado, con los ojos fijos durante una fracción de segundo que se le antojó una eternidad. Si lo paralizaba el aspecto surrealista de la situación, por otra parte sentía que le faltaba aire. Los lobos estaban en completo silencio durante el ataque: no gruñían ni rezongaban, ni siquiera hacían ruido con sus pisadas. De no haber sido por el increíble peso de la enorme pata que tenía apoyada sobre su pecho, hubiera podido pensar que no eran más que fantasmas.

Fuera sobrenatural o no, el hecho era que el lobo tenía mucha fuerza. En aquel momento se agachaba sobre él a cámara sumamente lenta y se disponía a desgarrarle la garganta. ¿Por qué detenerlo? ¿Por qué no permanecer donde estaba, hipnotizado por aquellos terribles ojos de mirada hueca y dejar que todo acabase?

Bryan no tuvo conciencia siquiera de que se movía hasta que ocurrió. Fue como si el brazo actuara por cuenta propia y hundiera en el hocico de aquel ser la rama encendida que todavía asía con la mano.

El lobo no lanzó ningún gruñido, ni siquiera un gañido a modo de queja. Pero Bryan le había hecho daño. Lo sabía. El lobo se desvaneció y la presión que pesaba sobre el pecho del chico se aligeró de pronto. Se esforzó por ponerse de pie, todavía con actos automáticos e inconscientes.

Volvió a dar mandobles con la rama y los lobos más próximos se alejaron. ¿Cómo era posible que todavía estuviera encendida? Tendría que haberse apagado cuando él se cayó o cuando la agitó en el aire. Recordó algunas noches con Adam en que, junto a una hoguera, fingían pelearse y luchaban con ramas encendidas; al poco rato se apagaban. En cambio, aquella supuesta antorcha no se extinguía, convertida en una especie de tizón empapado en pez u otra sustancia, como en las películas.

Y lo más curioso era que los lobos le tenían miedo. Poco importaba que fueran enormes, que por número constituyeran toda una manada, que fueran silenciosos, fuertes y rápidos hasta niveles sobrenaturales, lo cierto era que le tenían miedo a él y a la rama encendida que empuñaba.

«Creo», se dijo para sus adentros. Fue una idea repentina que al principio le pareció curiosa, como cuando se asiste al fervor histérico de una multitud sometida al influjo de un evangelista. Sin embargo, no se trataba de una idea abstracta, un concepto que pudiera absorberse y abandonarse a continuación. Era algo más profundo, algo que se remontaba a instintos transmitidos a través de cientos y miles de años.

«Creo en el fuego.» ¿Eso tenía en la cabeza al subirse al árbol?

El Oscuro sacaba su poder de la mente de los demás; pero las formas procedentes de las pesadillas tenían unas normas implícitas. Ajos para los vampiros, plata para los hombres lobo y una antorcha encendida para animales de dientes largos que salen de la oscuridad.

Era algo que ya sabía. Por supuesto, lo había visto en el cine, leído en los libros, oído contar muchas, muchísimas veces. Pero hasta ahora no se había percatado de que lo creía de veras. «Bien, ¿qué sabemos? Después de todo, tengo fe en algo.»

Los lobos seguían retrocediendo, desvaneciéndose entre los árboles. El ataque, su autodefensa automática, la repentina epifanía... En conjunto no había durado más que unos segundos. Los lobos habían aparecido y desaparecido en un santiamén. Pero es que en un santiamén podían ocurrir una infinidad de cosas.

—¿Jake? —gritó echando una mirada alrededor y recordando de pronto que no estaba solo.

En cuanto desaparecieron los lobos, el calvero comenzó a iluminarse como si amaneciera de pronto con especial celeridad. Jake estaba tendido boca arriba al pie de un árbol. Estaba inmóvil y con los brazos cruzados sobre el pecho, igual que un cadáver desaliñado.

—¿Jake?

Bryan se acercó con trabajo a su amigo y soltó la antorcha sin pensar en nada. La llama, que ya estaba extinguiéndose, despidió un chisporroteo y se convirtió en ceniza.

Se arrodilló junto a su compañero y observó la mueca de dolor que deformaba sus rasgos.

—Jake, ¿estás bien? ¿Estás herido?

Jake abrió los ojos, al parecer sorprendido de volver a verlo.

—¿Bryan? —pronunció su nombre con aire aturdido.

Éste se miró y se dio cuenta de que había empezado a temblar precisamente ahora que había pasado el peligro inmediato.

—Sí, soy yo.

Jake se sentó torpemente.

—¿Dónde se han metido? —dijo, echando una mirada a su alrededor.

Volvía a ser de día, era la misma tarde de verano en la que antes estaban. También los árboles eran distintos: más bajos, más habituales, más vivos.

—Se han ido —dijo Bryan esbozando una tímida sonrisa—. Los he asustado. —A duras penas le cabía en la cabeza lo que había sucedido.

Como en respuesta al sentimiento de irrealidad que le embargaba, notó en la pantorrilla un alfilerazo de dolor. Al volverse para mirar la pernera del pantalón, vio que la tela estaba rota.

—¡Fíjate en esto! —Se subió la pernera hecha jirones para ver la herida. Era bastante superficial, sólo tres arañazos paralelos, pero le dolía terriblemente—. Me ha alcanzado uno —refunfuñó.

—Y a mí —dijo Jake, que apartó la mano derecha de la izquierda que tenía fuertemente apretada. Goteaba sangre roja y fresca.

—¡Oh, Dios mío! —Bryan se precipitó sobre él y sintió que se le revolvía el estómago, lo que forzó a Jake a cubrirse de nuevo la herida con la mano—. ¿Es un mordisco?

—Eso creo —dijo Jake, que sin ser el zombi de diez minutos antes, todavía tenía un aire distante.

¿O había ocurrido todo hacía mucho más tiempo? Más que preocupado por la herida, se diría que lo tenía fascinado.

Bryan se arrancó un jirón de la camiseta y vendó lo mejor que supo la herida de Jake.

—Mantén la herida tapada —le ordenó mientras, cogiéndolo por el brazo sano, lo ayudaba a ponerse de pie.

—¿Adónde vamos? —preguntó Jake, algo vacilante.

—¡Al hospital! ¡Vamos!

Bryan eligió una dirección al azar y emprendió la marcha a través de los árboles.

Dieciséis

*C*asi inmediatamente fueron a parar al parque. Hacía cinco años que Bryan no ponía los pies en aquel lugar, y a pesar de ello el ambiente le pareció extrañamente familiar. Los columpios, los trapecios metálicos con la pintura descascarada, los restos carbonizados de la caseta de juegos... y detrás, el bosque. De pronto notó la presencia de su hermano pululando por todas partes, una sensación que lo asfixiaba. Sentía su presencia más intensamente que en parte alguna, excepto en la habitación de Adam.

Se hubiera quedado paralizado de no haber sido por la desesperada urgencia de procurar asistencia médica a Jake. Pero aun así, avanzó titubeante a lo largo del pasadizo de hierba como si estuviera borracho, procurando no prestar atención a nada que pudiera desencadenar recuerdos, unos recuerdos que hubieran sido excesivamente dolorosos, pero también demasiado valiosos como para ignorarlos.

Sin embargo, no le sirvió de nada. Todo, el perfume de la hierba, el contacto de los rayos de la puesta de sol en sus hombros desnudos, todo era como una fotografía que propiciase retazos de recuerdos reunidos por el azar. Tenía la cabeza llena de risas. Las burlonas risitas de Adam, que, en realidad, eran sólo ecos que resonaban en su cabeza. Adam riéndose; Adam corriendo; Adam diciendo: «¡Vamos al bosque!».

«Vayamos al bosque, será emocionante. ¿De qué tienes

miedo, Bryan? Papá y mamá no se enterarán. Nos colaremos con mucho cuidado y saldremos antes de que vengan y nos pillen. ¿De qué tienes miedo?»

Si su hermano hubiera estado hoy aquí, le habría podido decir: «Sí, yo tenía miedo. Yo era el niño pequeño a quien asustaban los monstruos y tú eras el hermano fuerte que no creía en ellos. ¿Quién tenía razón, Adam? ¿Quién estaba en lo cierto? Los monstruos existen; son reales y te pueden hacer mucho daño».

Llevando a Jake a remolque, iba avanzando a trompicones por las calles, absorto en un diálogo interior con aquel hermano que hacía tanto tiempo que se había desvanecido. Los fantasmas de la memoria se habían hecho tan poderosos que casi no tenía conciencia del resto del mundo y, si en aquel momento hubiera pasado por delante de un camión, lo habría atropellado sin que se diera cuenta de que lo mataba.

Sin embargo, allí no había camiones ni tampoco viejecitas preocupadas mirando por encima de la valla de sus casas a los dos maltratados y ensangrentados adolescentes. Nadie les interrumpió diciendo: «¡Eh, chicos! ¿Estáis bien?».

Aquello era algo que también formaba parte de la idiosincrasia de Redford, de aquella actitud que veía sólo lo que quería ver.

Bryan terminó de centrarse cuando llegaron al aparcamiento del hospital. Quizá Jake conocía el camino o tal vez se movió bajo el control de aquel mismo piloto automático que hacía tan poco tiempo había descubierto como capaz de guiar sus pasos. No recordaba nada del trayecto.

Sospechaba que tenía el rostro cubierto de lágrimas, pero no recordaba haberlas vertido. Había que admitir, con todo, que estaban justificadas, dadas las circunstancias.

Se dirigieron rápidamente a Urgencias. Bryan, desesperadamente, reclamó que les atendieran de forma inmediata. Contó una historia sobre un perro enorme que los había atacado, aunque sin escuchar apenas lo que decía. Por otra parte, daba la impresión de que nadie prestaba mucha atención a sus palabras, puesto que aunque los médicos los atendieron a ambos con serenidad y competencia, los demás pacientes los observaban con escasísima curiosidad. Bryan se preguntó con qué frecuencia esas personas se enteraban de mordeduras de lobos, pirañas o vampiros..., las mil lesiones imposibles imaginadas por el Oscuro. En cambio, ninguna les llamaba la atención, como no lo hacía nada de lo que pudiera ocurrir en Redford.

Perdió a Jake de vista cuando se lo llevó una enfermera con intención de limpiarle los rasguños. Le dijeron que iban a ponerle una inyección —la del tétanos, supuso—, aunque para eso necesitaban la autorización de sus padres.

El personal del hospital se puso en contacto con los suyos. Sin ninguna duda a esa hora su madre ya se habría acostado. Últimamente necesitaba dormir un mínimo de dieciséis horas seguidas, como si estando en la cama y apagando la luz pudiera borrarse del mundo.

—Tu padre vendrá enseguida a recogerte —le dijo la enfermera.

Bryan casi se sorprendió.

—¿Parecía... preocupado? —preguntó, bastante más animado al tiempo que notaba una extraña sensación en el estómago muy parecida a la excitación.

Pensar que, tal vez, a causa de aquella lesión, desaparecerían todos aquellos muros que lo aislaban de sus padres era como sacarse un peso de encima

—Jenny le ha explicado que se trata de un rasguño leve —quiso tranquilizarlo la enfermera sin captar la intención de su pregunta. ¿Qué persona normal la habría captado?—. Ha dicho que tu padre le ha parecido muy tranquilo.

Bryan pensó que, a buen seguro, aquella tal Jenny, la que había hablado con su padre, se había formado una idea más exacta de lo que él quería decir. La palabra «tranquilo» tenía más de eufemismo que de calificativo, ya que lo oportuno en aquel caso hubiera sido decir «zombi», «distante» o «indiferente».

Bryan resistió un súbito y poderoso impulso de pegar un salto y empezar a romper cosas. A su alrededor descubrió algunas que bien podrían satisfacer su necesidad de hacerlas añicos...

«¿Cómo podía impresionar a esa gente?», se preguntaba.

Las enfermeras estaban muy ocupadas y, en cuanto lo hubieron limpiado y pinchado, lo desterraron a la sala de espera. Jake se reunió con él unos minutos más tarde. Llevaba la mitad inferior de la palma de la mano cubierta de vendajes.

—Parece que venga de la guerra —exclamó moviendo la cabeza y desplomándose en una silla de plástico junto a Bryan. Levantó las manos e hizo una mueca, la quemadura de la mañana estaba muy roja. Suspiró—. ¡A ver qué pasará ahora!

—La cosa no ha terminado todavía —vaticinó Bryan con acento sombrío.

Si hasta entonces la idea de luchar con el Oscuro no había pasado de ser una fantasía, una manera de imaginarse que estaban haciendo algo, ahora su enemigo les había declarado la guerra abiertamente. Tenía la sensación de que ya no estarían seguros en ninguna parte.

Jake volvió a suspirar y se pasó la mano libre de vendajes por el pelo crespo.

—De todos modos..., los has asustado.

Bryan no pudo reprimir una sonrisa irónica.

—Sí, gracias a tu mechero.

En realidad, creía que más que asustar a los lobos, los había... neutralizado. El Oscuro les había hecho vivir la pesadilla de Jake, pero Bryan había cambiado el curso de la misma.

El poder del Oscuro provenía de hacerte temer que podía hacerte daño..., pero había otras cosas en las que creías que también tenían poder. Era una forma de defenderse.

De todos modos, un dolor agudo en la pierna herida le recordó la enorme diferencia que existía entre contrarrestar temporalmente el ataque del Oscuro y estar a salvo de su amenaza.

—¡Oh, diablos! —exclamó Jake, irguiéndose de pronto—. Creo que he dicho a la enfermera que he utilizado un mechero como arma de defensa. ¿Y si se lo dice a mi padre? No sabe que fumo.

—Le dices que era mío y asunto concluido —dijo Bryan encogiéndose de hombros.

—¿No se enfadarán contigo tus padres? Los míos se pondrían hechos una furia... y eso que casi tengo edad de fumar.

«Sí, está bien.»

—No, a mis padres eso les tiene sin cuidado.

De pronto se abrió la puerta de la sala de par en par y apareció un matrimonio de mediana edad con semblante preocupado. El hombre era moreno y bajo; su mujer, elegante y también bajita. No se parecían en nada a su hijo, alto y atlético, pese a lo cual Bryan vio a Jake al observarlos.

Del mismo modo, pudo entrever la inquietud que sentían, muy evidente en su manera de moverse, como si fueran pájaros caídos en una trampa. No paraban de hacer preguntas a Jake y a las enfermeras; miraban el vendaje como si no dieran crédito a lo que veían sus ojos. Jake, por su parte, estaba torpe y cohibido.

Después de unos momentos dedicados a comprobar que su hijo se encontraba bien, que la herida de la mano no se infectaría, que no se le hincharía y que el vendaje no se le caería, desplazaron la atención a Bryan.

—Es mi amigo Bryan Holden —les informó Jake.

Entonces se centraron en él, se informaron acerca de

sus rasguños y profirieron exclamaciones angustiadas. Las muestras de atención dejaron paralizado a Bryan, aunque Jake esta vez se habría equivocado al interpretar su reacción.

«¡Parad de una vez, parad ya! Vosotros no sois mis padres. ¿Por qué lo hacéis? ¿Por qué tanta comedia si no soy hijo vuestro? ¡Parad de una vez!»

—¿Dónde están tus padres, Bryan? —preguntó el señor Steinbeck con semblante preocupado.

«¿Y a usted qué le importa?»

—Mi... padre está de camino —respondió, contento de que por una vez no tuviera que mentir.

—Te haremos compañía mientras esperas —decidió, amable, la madre de Jake.

«¿Cómo? ¡No, no! ¡Es una idea terrible!»

—De veras que estoy bien. No es necesario...

—¡No, no, insistimos! —dijo el señor Steinbeck con aire magnánimo—. Es lo mínimo que podemos hacer. Ha sido una suerte que estuvieras con Jake.

Así pues, se vio obligado a quedarse allí sentado, balanceando las piernas en aquella incómoda silla de plástico y enviando misivas telepáticas a los Steinbeck para que decidieran volver inmediatamente a su casa: que recordaran que se habían dejado el hornillo encendido, que con las prisas se hubieran olvidado de cerrar la puerta con llave, que en aquel momento dieran su programa de televisión favorito... Una urgencia cualquiera que los empujara a marcharse antes de que llegara su padre.

Sin embargo, todo fue inútil.

Diecisiete

*L*a figura encorvada del padre de Bryan entró en la habitación arrastrando los pies. Tenía apenas cuarenta años, conservaba todavía el color arena del pelo y no evidenciaba aún signo alguno en su barriga de la curva de la felicidad propia de un hombre de mediana edad; sin embargo, aun con todo esto, parecía muy viejo. Si el señor Steinbeck era un hombre bajo, Alan Holden era un hombre empequeñecido, como si el hecho de ser adulto, persona mayor y padre, se hubiera cobrado en él un tributo.

En su caso, nada de entradas precipitadas ni de preguntas a voz en grito. Su padre se limitó a pasear su mirada cansada por la sala de espera como si hubiera olvidado a qué había venido y si era importante. Bryan se levantó de inmediato y corrió a su encuentro.

—¡Papá, estoy aquí! —exclamó, como si su padre no lo hubiera visto, cuando, en realidad, no veía nada.

—¡Ah, hola, hijo! —Le dirigió una sonrisa neutra que no dejó rastro en su mirada triste y gris.

Bryan se puso a hablar enseguida y a responder a todas las preguntas que los Steinbeck habían dirigido a su hijo para que nadie notara que su padre no se las hacía.

—Mira estos rasguños que tengo detrás de la pierna... No tienen ninguna importancia. Las enfermeras ya me los han limpiado. Nos ha atacado un perro enorme a Jake y a mí... Jake está ahí... —dijo señalándolo con el dedo.

Su padre, muy solemne, examinó los rasguños y asintió con la cabeza. Sonrió apenas a los Steinbeck, una sonrisa tan poco cordial como la que hacía un momento había dirigido a su hijo.

Consciente tal vez de su torpeza, el padre de Jake se levantó y se le acercó para estrecharle la mano.

—Eli Steinbeck —dijo al tiempo que con una elegante inclinación de cabeza presentaba a su mujer—. Mi esposa Adira.

En el rostro del padre de Bryan se reflejó, al estrecharle la mano, una reacción emparentada muy de lejos con la cordialidad. Se trataba de un gesto habitual, convencional, al que estaba acostumbrado porque lo hacía todos los días en el trabajo.

—Alan Holden —dijo y aún añadió con un fugaz residuo de falso sentido del humor—: Ellen se ha quedado en casa preparando la cena..., temía que ardiera toda la casa si no se quedaba de guardia.

Bryan sabía que era mentira. Su madre no se había quedado en casa cocinando ni haciendo nada. Si su madre no había venido era porque casi nunca abandonaba la seguridad de la cama. Sabía también que, aunque era mentira, aunque su padre era consciente de que Bryan sabía que era mentira, ninguno de los dos habría sido capaz de decir la verdad.

Se había vuelto a instalar un denso silencio y, como de costumbre, Bryan se ocupó de llenar los huecos y de limar las asperezas. «Aquí no sucede nada de particular. Todo funciona a las mil maravillas. ¿Que la situación es algo embarazosa? Todo son imaginaciones. Aquí todo marcha bien y con absoluta normalidad.»

—Bueno, tendremos que volver a casa. Mamá estará preocupada.

«¡Vaya, lo que faltaba! Como para soltar una carcajada.»

—Sí, claro.

Siguió otro vacío horrible antes de que su padre pareciera percatarse del sentido de las palabras.

—Sí —repitió, más alto—. Vamos, Bryan. Tengo el coche ahí fuera.

Al salir, los ojos de Bryan se encontraron con los de Jake. Por espacio de un segundo captó en ellos un destello de simpatía y comprensión, pero enseguida se encontró fuera de la sala, siguiendo a su padre y haciendo con él un silencioso trayecto hasta su casa muerta. Mientras se sentaba en el asiento delantero y se abrochaba el cinturón tuvo la sensación de oír la conversación que en aquel momento tenía lugar en el hospital, allí mismo, a su espalda:

—Oh, qué hombre tan raro...

—No pasa nada, cariño, quizás está un poco desorientado...

—Holden... ¿No se llamaba así el niño que desapareció hace unos años? Aaron, Adam, o algo así...

—Sí, ahora que lo dices... Debe de ser su padre.

—Pobre hombre, seguramente está trastornado a raíz de lo ocurrido.

Y lo peor de todo: «¡Pobre niño!». El peso de la simpatía de los mayores, aunque sólo fuera imaginada, era algo que Bryan no se veía capaz de soportar.

Ni él ni su padre hablaron durante el regreso a casa, pero eso era lo normal. Nunca ponían la radio, a no ser que Bryan lo pidiera; cuando lo solicitaba era porque viajaban los tres en el coche y el silencio se hacía entonces excesivamente opresivo. En ese caso sintonizaba la primera emisora informativa que encontraba porque prefería el sonido de voces, cualquier tipo de voces, que canciones tontas que no habrían hecho más que empeorar la situación.

Esa noche, por primera vez en su vida, apenas reparó en el silencio. Ni siquiera fue consciente del trayecto; su mente no paraba de dar vueltas a los hechos ocurridos aquel día.

113

Era tarde cuando llegaron a casa. Como si el tiempo se hubiera desplegado y alargado, en lugar de quedarse a mirar la tele o a hacer los deberes, optó por ducharse y ponerse el pijama. De camino a su habitación, se miró los rasguños en el espejo. Aunque ya no sangraban, le habían dejado unas rayas moradas que destacaban en la palidez de la piel. Era ridículo que hubieran aceptado la historia del perro agresivo que había contado; era evidente que sólo un animal con las dimensiones de un tigre podía dejar unas marcas como aquéllas.

Cuando se deslizó entre las sábanas, en aquella cálida noche de julio, los pensamientos de Bryan no giraron en torno a sus heridas, sino a lo único en que podía pensar: su victoria. Tal vez no fuera más que una victoria menor, más técnica que otra cosa, pero permanecía el hecho de que, por una vez, la victoria no había correspondido al Oscuro.

«No nos ha vencido. Esta vez nos hemos escapado, lo hemos derrotado. No hemos permitido que ganara él.» Eso tal vez quería decir que, después de todo, quizás existía una esperanza.

Sin embargo, aquella confianza recién descubierta no lo acompañó en sus sueños.

En ellos corrió más y mejor a través del bosque y tropezó en su camino. «No, la cosa no ha salido bien. No hemos podido escapar... ¿Dónde está Jake?»

Bryan estaba solo; solo en la oscuridad. Detrás, pisándole los talones, venía amenazante toda la jauría de lobos. «No puedo contra ellos. Yo, solo, no puedo.» Lo único que podía hacer era seguir corriendo.

Progresivamente se iba internando más y más, directo al corazón del bosque: «¡No! ¿Adónde me lleváis, pies? ¡No es allí donde quiero ir!». Sin embargo, no podía dar la vuelta, ni mirar siquiera por encima del hombro. Aunque tampoco quería hacerlo porque sabía, sin necesidad de verlo, que los lobos eran distintos, que se habían vuelto enormes y se habían convertido en unas criaturas sombrías y malévolas. Habían dejado de ser aquellos fantasmas solemnes y mayestáticos que cumplían tristemente con algo inevitable para convertirse en seres que disfrutaban haciendo daño, que se jactaban en la caza y en su inevitable conclusión.

Era, por supuesto, ineludible.

El calvero no figuraba en ningún mapa de Redford por muchas veces que los topógrafos lo pisaran. Un calvero que nunca figuraría en ningún mapa porque, independientemente de la dirección que se tomase al romper a andar —o mejor dicho, a correr—, estaría siempre al final del camino.

Y las piedras, trece piedras que él no podía eludir. Incluso ahora, despreocupándose de aquellos animales lupinos que corrían tras él, Bryan aminoró la marcha y se detuvo: «Por esta vez... podré escapar».

No obstante, aunque pensaba escapar, lo traicionaron los pies.

«Uno es fuego, dos es sangre, tres tormenta y cuatro agua.»

Había sido un insensato al pensar, aunque sólo fuera por un momento, que su «victoria» sobre los lobos había significado alguna cosa. Tal vez podía despistar al Oscuro, pero, en realidad, sólo era una manera más de huir de él.

«Cinco es ira, seis rencor, siete es miedo, ocho es horror.»

Podía huir, huir y seguir huyendo..., pero no siempre. Porque cada vez él estaría un poco más cerca, más próximo al zarpazo. No huía porque fuera inteligente, fuerte, valiente... Sólo era una cuestión de suerte, nada más que de suerte.

«Nueve es pena, martirio es diez, once es muerte, doce vida otra vez.»

¿Era esto siquiera? ¿Se engañaba hasta el punto de creer que estas huidas significaban algo? El Oscuro lo había con-

115

vertido en su juguete. Se divertía viendo el continuo optimismo de su presa, su ilusión de que esta vez, en esta ocasión, tal vez las zarpas no se abatirían sobre ella y la enviarían al punto del que partió.

No obstante, tarde o temprano, el Oscuro se cansaría de jugar. Entonces acabaría llegando al punto al que llegaba siempre.

«Trece pasos hasta la puerta del Oscuro. De allí no volverás, esto es seguro.»

Dieciocho

*E*ra una hermosa mañana de domingo y el sol ya calentaba con fuerza cuando se despertó, pese a lo cual Bryan estaba helado por lo mucho que había sudado durante la noche. Se vistió a toda prisa, pero soltó un taco al percatarse del estado de la ropa que tenía colgada en el respaldo de la silla. Sus mejores vaqueros estaban hechos jirones y la camiseta que llevaba la noche anterior era un puro andrajo, aparte de que todo estaba manchado con la sangre seca de Jake. Hizo una bola con todo y la echó en la papelera con una mueca de asco.

No era sólo su ropa la que conservaba las huellas de la lucha de la noche pasada. Los largos rasguños que tenía en la pantorrilla, que apenas le molestaban la noche anterior, estaban ahora al rojo vivo, una vez mitigada la adrenalina. Bajó la escalera saltando torpemente los peldaños a la pata coja y poco faltó para que se cayera de bruces al llegar abajo. La escalera tenía catorce peldaños, pero él siempre saltaba desde el undécimo escalón. De ese modo los escalones sólo eran doce. Era una costumbre que tenía automatizada, pero, debido a la pierna herida, esta vez aterrizó cojeando en el salón.

Como era lógico esperar, su padre ya estaba despierto y miraba la tele con las piernas levantadas. Lo que llevaba ganado su madre en horas de sueño lo había perdido su padre. A menudo Bryan lo oía moviéndose por la casa de madrugada. A veces también oía el portazo cuando salía de noche a dar un paseo. No acostumbraba a salir, pero, cuando lo hacía, se ausentaba seis u ocho horas seguidas. Bryan no supo nunca adónde iba.

Si su válvula de escape eran los paseos, la de su madre era la cama. Igual que su hijo, sus padres acusaban el mal ambiente de la casa, y la tensión crecía y crecía. A pesar de que él era el menor y se suponía que sus padres eran los adultos, no por ello éstos solventaban mejor la situación. Lo que pasaba era que disponían de medios de distensión distintos.

Los tres necesitaban huir de aquello: cada mañana, cada noche tenían que doblegarse a representar la misma comedia.

A Bryan le tenía sin cuidado que no lo abrazaran o no ser objeto de espectaculares declaraciones de amor, pero le hubiera gustado que le preguntaran si había hecho o no los deberes, o que le advirtiesen de que no se comiera a hurtadillas los bizcochos de chocolate. En otro tiempo, el domingo era el día que su madre consagraba a hornear pasteles a primera hora de la mañana, y para él y para Adam aquélla era la ocasión perfecta de apoderarse de todo cuanto se ponía a su alcance..., a pesar de que al final siempre les descubrían y eran abroncados por ello. Sin embargo, finalmente, siempre conseguían llevarse algún premio. Se acordó de una semana en la que su madre decidió hornear pan en lugar de pasteles y de lo mucho que ellos se indignaron por ello, mientras su madre no podía dejar de reírse ante el enfado de sus hijos.

Hacía cinco años que no oía aquella risa. Su madre aún se reía, pero ahora de manera comedida, igual que cuando el jefe de su padre contaba uno de sus chistes tontos sin la más mínima gracia. Bryan se decía que oírla reír de aquel modo era peor que oírla llorar.

Su padre siempre había sido un hombre silencioso, pero en otro tiempo el silencio era cálido, mientras que ahora era frío. Bryan pensó un momento en la gran aura de reconfortante calor que emanaba ayer el padre de Smokey y se odió por pensar en aquello.

Se sentó en el sofá junto a su padre e intentó mirar la tele con él. Estaba viendo una especie de película, pero podrían haber sido, igualmente, dibujos animados o un documental de noticias. El televisor estaba siempre en marcha, pero, en realidad, no lo miraba nadie.

Pese a todo, hizo un intento:

—Buenos días, papá. ¿Qué estás mirando?

—Una película antigua de guerra —murmuró su padre encogiéndose de hombros. Pese a la falta de interés, tenía los ojos fijos en la pantalla.

—¿Qué actores? —preguntó Bryan.

Detestaba su voz, la que le salía, quebradiza y aguda, cuando hablaba con sus padres, parecida a la de ellos cuando hablaban con él. No era la misma voz de cuando hablaba con Smokey y Jake.

Su padre volvió a encogerse de hombros.

—Sí, ya sabes. Ese tipo... El de las orejas grandes y el pelo aplastado.

Aquella lamentable descripción en otro tiempo hubiera dado pie a bromear un poco, pero ahora no merecía este esfuerzo. Bryan, en cualquier caso, no recibiría respuesta alguna.

Se apoderó de Bryan una repentina urgencia de hablar por los codos, como cuando tenía siete u ocho años: «Venga, papá, vayamos al cine. Vayamos al río y hagamos barcos de papel. Despertemos a mamá y vayamos los tres a pasar el día en la playa. Vayamos...».

«Vayamos al bosque.»

Sin embargo, pasó la urgencia y Bryan se levantó y fue a preparar el desayuno. De todos modos, lo único que hubiera dicho su padre hubiera sido: «Quizá la semana que viene...»; o bien: «Estoy seguro de que lo pasarás mejor con tus amigos que con un par de vejestorios como nosotros».

119

Bryan se preguntó si sus padres sabían que sólo hacía tres días que tenía amigos.

¿Eran Jake y Smokey amigos suyos? Suponía que sí. Aunque, a lo mejor, sólo se habían juntado con él por el miedo al Oscuro que los tres compartían. Aun así, ¿acaso la amistad no estriba en compartir algo con alguien?

Pese a todo lo ocurrido, sentía una extraña energía que no experimentaba desde hacía mucho tiempo. Ser el objeto constante de los ataques del Oscuro, enmascarado bajo sus disfraces, no era nada comparado con el alivio que suponía tener a alguien con quien hablar.

Bryan apuró rápidamente los cereales y dejó el cuenco en el fregadero.

—Papá, salgo con mis amigos.

Se dirigió cojeando a casa de Smokey. La pierna había empezado a dolerle de veras y esperaba no tener que correr. «No, nada de correr», pensó al recordar la pesadilla de la noche anterior. No le convenía correr.

Como ya sospechaba, Smokey estaba levantado y vestido. Le abrió la puerta al tiempo que su hermanita profería un grito de desesperación porque acababa de ofrecer a toda la calle su imagen vestida con un pijama modelo muñeca Barbie.

—¡Stephen! —le gritó al tiempo que descargaba un porrazo en su espalda.

Smokey se limitó a soltar una carcajada, lo que hizo que Bryan recordara que Adam solía hacerle ese tipo de trastadas.

—¿A qué viene tanto grito? —exclamó Smokey saltando el escalón de entrada y moviendo la cabeza—. Son las ocho de la mañana y es domingo. ¿Quién va a mirar? ¿Quién va a querer mirar?

—¿Le has preguntado por Marcie «no-sé-cómo» y los fantasmas del bosque? —dijo Bryan mientras Smokey cerraba la puerta tras él.

Su amigo se encogió de hombros.

—Se cree que quiero burlarme de ella. Sigue insistiendo en que hay fantasmas y en que no es culpa suya si soy tan estúpido como para no creerlo. Y no voy a decirle: «Sí, pequeña, ya sé que existen, no tienes necesidad de demostrármelo».

—Sí, claro.

Bryan recordó los días posteriores a la desaparición de Adam, días en los que se vio obligado a contar todos los incidentes a una inacabable retahíla de personas; las peores eran precisamente las que fingían creer sus palabras. Hablaban del asunto con tono condescendiente, pero seguían insistiendo en lo que ellos consideraban la verdad. No era sorprendente que en Redford se enterrasen durante tanto tiempo los asuntos turbios si se tenía en cuenta que los que creían en ellas no sabían siquiera en quién confiar para que los escuchasen.

Echaron a andar y, sin haberlo decidido previamente, tomaron el camino de la casa de Jake. De pronto Smokey notó que Bryan cojeaba:

—Oye, ¿qué le pasa a tu pierna?

Bryan se subió el pantalón y mostró las marcas rojas de los rasguños.

—Lobos —se limitó a decir.

Smokey inspiró entrecortadamente.

—¿Lobos? —preguntó, aunque, como era de esperar, no tardó mucho en comprender lo ocurrido—. ¿Dónde?

—En el bosque.

—¿En el bosque? —repitió Smokey con acento de incredulidad.

—Sí, eso —dijo Bryan enarcando las cejas.

—¿Y Jake? ¿Está bien? —insistió Smokey con aire preocupado.

—Lo mordieron, pero está bien —le explicó Bryan—.

121

Aunque está muy tocado. Tiene una especie de fobia a los lobos.

—No me extraña —comentó Smokey, que parecía muy impresionado, como si hasta entonces no hubiera creído realmente que ninguno pudiera ser objeto de lesiones serias—. ¿Se te acercaron lo bastante como para morderte? ¿Cómo te libraste?

—Los ahuyenté —le contó Bryan, muy excitado—. Con el mechero de Jake prendí fuego a una rama e hice una especie de antorcha... —Calló un momento e hizo unos movimientos con la cabeza—. ¡Fue increíble! ¡Tenías que haberlo visto, tío!

Bryan apenas podía creer que todo aquello le hubiera ocurrido a él.

—¡Ostras! —Smokey se quedó callado un momento y seguidamente sonrió—. O sea, que funcionó. Plantarle cara funcionó.

—Por supuesto que funcionó —asintió Bryan, que seguidamente se serenó un poco—. Pero eso no es suficiente. Seguro que nosotros nos defendimos, pero, si te paras a pensarlo, no es que esto sea mucho mejor que echar a correr, por ejemplo.

—¿Qué deberíamos hacer entonces? ¿Tratar de... atacar? —preguntó Smokey, vacilante.

—¿Cómo podemos atacar? —preguntó Bryan dándose cuenta de que comenzaba a desvanecerse su optimismo—. Se puede combatir contra una pesadilla, pero el Oscuro es superior a cualquiera de éstas, él es la fuente de todas las pesadillas. ¿Cómo vamos a luchar contra eso?

—No lo sé. —Smokey miraba al suelo mientras caminaba arrastrando las zapatillas por la grava del camino—. Lo que tenemos que saber es por qué ocurren estas cosas, Bryan. ¿Por qué ocurre aquí? ¿Cómo es que siempre termina de esa manera? Quizá... —se encogió de hombros—, tal vez si lo supiéramos, podríamos... —dijo con una voz que se apagaba.

Bryan se rascó la cara con inquietud.

—No sé. Vamos a buscar a Jake y ya pensaremos algo. Porque hay que pensar algo. No podemos quedarnos tan tranquilos...

De eso, por lo menos, estaba seguro.

Diecinueve

*A*l encontrarse con Jake, Smokey se deshizo en exclamaciones al verle la mano. Los padres de Jake ya se habían levantado y estaban trabajando en el jardín. Parecían algo reacios a dejarlo salir, pero acabaron por ceder.

—Me gusta que hayas hecho nuevos amigos —comentó su padre.

Jake reaccionó a sus palabras con una especie de fingido titubeo, pero Bryan estaba convencido de que pensaba en Lucy. Sospechaba que Jake se había impuesto durante el pasado año una reclusión y una soledad que él conocía muy bien; estaba convencido de que había consagrado este año a investigar las desapariciones. La relación que ahora había establecido con Bryan y Smokey formaba parte de esta última actividad, pero eso los Steinbeck lo ignoraban. No iban más allá de alegrarse al ver que por fin parecía recuperar un poco de actividad. Algo, por supuesto, que los padres de Bryan no habrían podido detectar, porque eran precisamente ellos los que menos se habían recuperado.

Por otra parte, Bryan pensaba que, en realidad, aunque él y Jake se movían, no lo hacían en la dirección adecuada. No se alejaban de los hechos, sino que iban directos al meollo de los mismos. Cuando uno veía que seguían cayendo amigos y hermanos de otras personas, se daba cuenta de que no bastaba con entrar en contacto con los hechos.

«¿Cuánto faltará? ¿Cuánto tiempo tardará en desaparecer otro niño?», se preguntaba en su interior.

Tal vez Jake había pensado lo mismo, ya que, en cuanto tuvo la seguridad de que sus padres no podían oírlo, preguntó:

—¿Qué hacemos ahora?

—¿Ir a la estación? —preguntó Smokey, inseguro aún.

Parecía menos decidido que antes, quizás impresionado por las lesiones de sus compañeros.

—Sí —exclamó Bryan soltando un lento suspiro—. Creo que es lo que tenemos que hacer.

Al andar le escocían los rasguños de la pierna, porque la tela áspera de los vaqueros rozaba con sus heridas. El calor era excesivo para que resultara agradable y la ropa se le pegaba a la piel. No se sentía un héroe de aventuras.

No era un héroe. Estaba cansado. Cansado de todos aquellos años vividos a la sombra del Oscuro, siempre a la espera de que se cerrasen los dientes de la trampa. Mejor hacer algo, lo que fuera, por inútil que resultase.

Atravesaron la ciudad sin que nadie advirtiera su paso, sin que nadie les hiciera caso alguno, si es que realmente alguien los veía. No eran más que tres chicos que salían a pasarlo bien.

«Sí, no es más que juego y diversión», pensó Bryan, recordando un viejo juego cuyo recuerdo se perdía en los tiempos: «¿Qué hora es, señor Lobo?». Había que montarse en el lobo grande, el malo, pero si él veía que te acercabas, el recorrido había terminado. Si conseguías colarte y agarrarlo, entonces el lobo eras tú... Aunque, pensándolo bien, ¿podía decirse que eso fuera ganar? O comías o te comían, pero no se podía decir nunca: «Se ha terminado, no quiero seguir». No había espacio para renunciar al juego y decir que ya no querías jugar.

Bajaron los escalones que llevaban a la estación. Había

mucho ir y venir de gente, pese a ser domingo. Aun así, no había nadie que diera un rodeo y se dirigiera a la zona trasera de las tiendas, donde estaba la plaza olvidada cubierta de hierbajos y ladrillos rotos. ¿Para qué? A nadie se le podría ocurrir visitar aquel lugar.

A nadie salvo a los niños. Los bosques, las casas encantadas y los solares cubiertos de maleza donde no se construía ningún edificio siempre habían sido lugares frecuentados por niños. Los adultos pasaban de largo sin reparar en ellos, ni siquiera los miraban. Sin embargo, para los niños eran un pozo insondable de fascinación.

Permanecieron unos momentos delante del edificio de la estación intercambiando miradas. Jake se encogió de hombros y Smokey soltó un lento suspiro. Ambos miraron detenidamente a Bryan, esperando, como si, en cierto modo, éste se hubiera convertido en el jefe.

Le hubiera gustado rechazar ese dudoso honor, pero se limitó a aceptarlo con un suspiro de resignación:

—De acuerdo, pues —dijo en voz baja.

Se dio la vuelta y se topó con... nada. Contempló un extenso solar abandonado, en el que no se podía ver otra cosa que no fueran montones de tierra, hierbajos descuidados y viejos ladrillos. A pocos metros de distancia había, medio enterrados en el polvo, varios tramos de tuberías oxidadas, tan olvidados como el supuesto y desechado plan de construcción que los había colocado ahí.

Todos miraron a su alrededor, unidos. De forma subconsciente se protegían entre ellos, como si esperaran a que algo, de repente, les saltara encima. Sin embargo, nada se movió.

—Ladrillos —observó Jake tras un momento de silencio.

—Ladrillos viejos —precisó Bryan.

El chico empujó suavemente con el pie uno de ellos, del cual se desprendió un mazacote de mortero todavía adherido. Estaba ligeramente ennegrecido, como si hubiera pasado el fuego por él, aunque costaba creer que alguien pudiera servirse de aquellos ladrillos para preparar una barbacoa.

—Aquí no hay nada —dijo Smokey, aunque parecía dudarlo.

Se acercó un poco más a Bryan. Era como si haber hecho aquel descubrimiento fuera más inquietante que haber encontrado todo el arsenal del Oscuro esperándoles.

—¿Estás seguro de que éste es... uno de sus lugares... habituales? —preguntó Jake al cabo de un momento—. Me refiero a si no podría ser sólo...

Sin embargo, Bryan movió lentamente la cabeza. No. Todo aquello estaba demasiado inmóvil, demasiado silencioso, era demasiado... distante. Era como si desde la estación a aquel lugar, no hubiera sólo unos pasos de distancia, más parecían un millón de kilómetros.

—Si ese sitio es normal... ¿Por qué no hay en él quince casas y un supermercado? Se diría que ha estado desierto siempre.

—Pero ¿por qué? —preguntó Jake—. ¿Qué había aquí antes? —Se movió a través de largas hierbas pasando por encima de ladrillos abandonados.

—No sé. El entendido en historia eres tú —le recordó Bryan encogiéndose de hombros.

—Tal vez sea porque es domingo —aventuró, titubeante, Smokey, mirando con inquietud a su alrededor como si buscara el rastro del Oscuro—. Dicen que es un día santo.

—No para mí. Soy judío —objetó Jake—. Aunque a decir verdad, ayer me sirvió de muy poco —afirmó, al tiempo que cerraba el puño de su mano vendada como para refrendar la respuesta.

—La religión no sirve de nada —les dijo Bryan—. Por lo menos a nosotros. Tengo trece años y creo más en monstruos que en las cosas que cuenta la religión.

«Sobre todo después de lo ocurrido hace cinco años», pensó tras un breve silencio.

—A lo mejor aquí es donde estaba el viejo molino —sugirió Jake, volviéndose a mirar por encima del hombro mientras caminaba—. Aunque creo que estaba mucho más al sur. No consigo recordar qué había aquí cuando hubo los derribos para... ¡Oh! —exclamó al tropezar con la hierba; estuvo a punto de caerse de bruces.

—¿Más ladrillos? —preguntó Bryan.

Jake frunció el ceño y se arrodilló.

—No creo... —dijo lentamente, al tiempo que les dirigía una mirada asombrada—. ¡Mirad lo que hay allí!

Sus dos amigos se aproximaron llenos de ansiedad.

—¿Qué es? —preguntó Bryan.

—Un trozo de tablón hincado en el suelo —observó Smokey, irguiéndose.

Jake negó con el gesto.

—No. ¡Escuchad!

El chico golpeó la madera con los nudillos y se oyó un sonido hueco que parecía indicar que había un vacío debajo. Se levantó y golpeó con el pie en el centro del tablero, lo que hizo que se hundiera con un chasquido de madera astillada y, junto con el pedazo de madera, también se le colara el pie.

—¡Cuidado! —se apresuró a agarrarlo por el hombro Bryan.

—¡Uf! —exclamó Jake, avergonzado y dando un respingo—. La madera está más podrida de lo que creía.

Smokey se tumbó en el suelo, boca abajo, para atisbar por el agujero.

—¿Qué ves?

—¿Ves algo? —insistió Bryan, intentando ver algo por encima del hombro de su amigo.

Smokey lo miró.

—Sí, claro. No te olvides de que cuando construyeron

esto utilizaron bombillas de larga duración... ¡Dices unas cosas!

—Sólo era una pregunta... —se defendió Bryan, que se volvió al mayor de los tres chicos—. Jake, ¿a ti qué te parece que es?

—Una especie de bodega, supongo —dijo con una mirada en la que se reflejaba toda la curiosidad que sentía—. Debe de corresponder a uno de los edificios que existían antes en ese sitio.

Sin embargo, Smokey tenía el ceño fruncido al ponerse de pie.

—¿Y por qué sigue aquí? Quiero decir que nadie deja que la trampilla que da entrada a una bodega se vaya pudriendo con el riesgo de que alguien se caiga en el agujero.

—En Redford, puede que sí —le puntualizó Bryan en voz baja.

Sabía por instinto que no se trataba de un descuido como tantos otros. No era simplemente una bodega olvidada cuya entrada se había tapado para después olvidarse de ella. Tenía que haber una razón que explicara por qué hacía tanto tiempo que aquel paraje estaba abandonado. Además, probablemente, también existía un motivo por el cual, precisamente ahora, cuando estaban buscando las raíces del poder del Oscuro, les era dado descubrir aquel lugar.

Como un eco de sus propios pensamientos, Smokey dijo con voz sombría:

—Creo que no nos apetece bajar, ¿verdad?

Bryan se irguió. Y entonces tuvo una sensación: la de que pese a que el día seguía igual de soleado, algo había cambiado en el ambiente. De pronto había dejado de hacer calor.

—No —dijo—, pero creo que no tenemos otra opción.

Veinte

*R*etiraron con la mano el resto de madera podrida. Estaba asquerosamente viscosa y grasienta al tacto. Bryan no hubiera sabido decir si originariamente ya estaba teñida de negro o si su color era resultado del contacto con algún inmundo mantillo. Debajo de la abertura todavía colgaban los travesaños superiores de una escalera de mano, pero ninguno de los tres se atrevió a confiar en ellos.

—Mejor saltar —observó Smokey.

Gracias a que ahora entraba más luz, pudieron apreciar que el salto no era considerable, aunque Bryan recordó, al tocar tierra, que tenía la pierna lastimada. Soltó un taco y se quedó tambaleando. En lo alto apareció el semblante preocupado de Jake.

—¿Qué pasa? ¿Estás bien?

—Sí, sólo que he olvidado que... mi cerebro —se explicó, dejando vagar las palabras, al tiempo que miraba a su alrededor.

El espacio era muy reducido: poca cosa más que un cubo con muros de ladrillo, tan estrecho en ambas direcciones que bastaba con extender los brazos para tocar las dos paredes a un tiempo. El suelo estaba constituido por tierra más o menos apisonada. Los muros estaban ligeramente abombados hacia el interior, lo que contribuía a aumentar la sensación de claustrofobia. Reinaba un olor rancio y agobiante a barro y a descomposición.

—Aquí abajo no hay nada —anunció Bryan inclinando la cabeza hacia atrás para mirar a sus amigos. Tuvo que fruncir los párpados para evitar que el sol le diera en los ojos.

Miró la escalera rota que colgaba del muro, de la que sólo quedaban cinco travesaños, podridos y astillados. Pese a ello, a juzgar por el espacio que quedaba, era fácil calcular los que faltaban.

«... once... doce... trece.»

«Trece pasos hasta la puerta del Oscuro...»

—Oye, ¿y eso qué es? —La voz de Smokey resonó de manera extraña en aquel espacio tan pequeño.

—¿Qué? —preguntó Bryan.

—En el rincón. Un pequeño...

—No veo nada —dijo frunciendo el ceño.

—Apártate, Jake. —Smokey saltó a través de la abertura y aterrizó de manera mucho más elegante que Bryan. Como ahora ambos compartían el espacio y sus hombros estaban en contacto, la sensación de agobio era aún más acentuada—. Mira... eso.

Smokey debía de poseer una extraordinaria agudeza visual, ya que aquella cosa que había distinguido desde arriba no era más que un pequeñísimo trozo de cuero oscuro, arrugado y aplastado en el suelo. Smokey lo retuvo un momento en la palma de la mano mientras deliberaban sobre lo que podía ser.

—Es un zapato —concluyó por fin Smokey, pese a que el objeto en cuestión era diminuto—. Un zapato de muñeca —completó dándose una palmada en la frente.

Era una aclaración que daba más sentido al descubrimiento... o quizá menos.

—Pero ¿cómo va a haber una muñeca en un sitio como éste?

Aparte de que el espacio era excesivamente reducido para poder ser utilizado como almacén, una muñeca se

131

habría estropeado en pocos días con el polvo y la humedad.

—Donde haya una muñeca no puede andar lejos una niña —señaló Smokey, que sabía qué era tener hermanas pequeñas.

No obstante, esa idea todavía era más inquietante.

—¿Qué podría hacer una niña ahí abajo?

Bryan levantó los ojos hacia el pequeño cuadrado de luz para observar el ansioso rostro de Jake. Aquel espacio subterráneo era más pequeño que la celda de una cárcel, y salir de allí hubiera resultado imposible para una niña.

La imagen de niños pálidos y asustados, encerrados a oscuras, que acudió a su mente, fue tan viva que, por un momento, Bryan tuvo la impresión de que los tenía apelotonados a su alrededor. Imaginó sus voces, murmullos musitados, lamentos dolientes que los muros de ladrillo y tierra apagaban, repetían y distorsionaban. Era el balbuceo abrumador de una multitud y, al mismo tiempo, el sonido que denuncia la insoportable soledad.

A Bryan le llegó como el impacto de una sacudida el reconocimiento de aquella voz. ¿Cómo no iba a reconocerla si la oía en sueños entonando aquella misma cantinela desde hacía cinco años?

«Uno es fuego, dos es sangre, tres tormenta y cuatro agua...»

De repente el suelo tembló debajo de él.

—Pero... ¿qué es...? ¡Dios mío! —gritó, echándose para atrás.

—¿Qué ocurre? —gritó Jake, alarmado, desde arriba.

El suelo se había combado bajo sus pies como si, debajo de Bryan, algo se agitara y pugnara por subir a la superficie.

—¡Bryan, mira! —gritó Smokey.

El chico le empujó con el hombro mientras algo de un color desvaído que tenía forma de serpiente apareció ante ellos tras filtrarse a través de la obra de ladrillo. Nada hubiera podido parecerse más a la cabeza ciega y rastreadora de un gigantesco gusano, por lo que ambos retrocedieron llenos de asco.

A su alrededor surgieron más engendros que hicieron saltar los ladrillos con violencia.

—Pero ¿qué es eso? —preguntó Bryan aferrándose al hombro de Smokey.

—¡Unas raíces!

En cuanto Smokey pronunció esas palabras, pareció que se cristalizaban y convertían en reales. La pesadilla en la que los muros se corroían hasta el desmoronamiento pasó a ser real como la vida misma.

Smokey levantó la cabeza para mirar a lo alto.

—Tenemos que salir de aquí antes de que todo se venga abajo.

A través de las hendiduras de los ladrillos se colaba tierra oscura, que se filtraba fácil y rápidamente, como si de arena se tratara. Una de las raíces que iban tanteando el aire se adhirió al hombro de Bryan, que se la sacudió de encima con un grito.

—¡Bryan, dame la mano! —le gritaba Jake desde arriba.

La voz de su amigo parecía muy lejana, puesto que ahora ya no estaban en aquel diminuto reducto que más bien parecía una caja, sino en el fondo de un pozo profundo con la forma del tubo de una chimenea. Además, las paredes se estaban desmoronando...

«Sé que no ocurre de verdad. Sé que no es así, sé que no ocurre de verdad...» Lo sabía, pero no le servía de nada, no tenía fuerza alguna para imponer aquel convencimiento. Lo sabía, pero el miedo de ahogarse lo sofocaba, atrapado allí dentro, con los pulmones llenos de polvo...

Smokey, que ya había empezado a trepar, lo agarró por la muñeca y quiso auparlo.

133

—¡Venga, Bryan! ¡Hay que subir!

De pronto se sintió sumergido en el pasado y recordó a su hermano refunfuñando, impaciente y soltando tacos por lo bajo cuando Bryan se echaba para atrás ante una aventura arriesgada. Adam era siempre el que trepaba, el que jugaba con el peligro con un soltura atlética, mientras Bryan se veía obligado a seguirlo a rastras, más pequeño que él, más lento, menos valiente...

Tenía que haber sido Adam el que sobreviviera, no él. Su hermano siempre era mejor que él en todo. ¿Qué mala jugada del destino lo había arrebatado dejando, en cambio, a su inútil hermano pequeño?

—¡Venga, adelante! —gritó Smokey.

Su amigo lo había agarrado por la camisa. Bryan se esforzó en seguirlo y en encontrar un asidero en los ladrillos que, de repente, se habían vuelto resbaladizos y parecían de cristal. «Trepaste a oscuras a lo alto de un árbol que no tenía ramas. ¿Qué supone para ti una pared de ladrillos llena de agujeros?» Sin embargo, aquella tranquila confianza que había sentido la noche anterior se había evaporado.

Quiso encaramarse pared arriba, pero a su alrededor irrumpían raíces que fragmentaban los ladrillos y proyectaban sobre él una lluvia de tierra oscura. La pierna le dolía como si en ella tuviera fuego. Bryan escupió partículas de tierra e intentó desterrar de sus pensamientos la espantosa imagen de verse enterrado vivo debajo de una catarata de ladrillos cuando los muros se derrumbasen sobre él.

Smokey, a su lado, lanzó un grito y, aunque Bryan no sabía por qué gritaba, lo cogió del brazo y quiso auparlo. Pero ¿por qué se había adelantado a Smokey? ¿Y por qué la tenue luz que representaba la libertad y que resplandecía en lo alto parecía ahora más lejana?

Algo le agarró el tobillo. Soltó un alarido y pegó un enérgico puntapié contra el muro para desasirse, pero estaba su-

134

jeto a su pierna algo grueso y fuerte como la raíz de un árbol. Tiraba de ella con energía, como si tratara de aplastarla contra los muros de aquel pozo con intención de abandonarlo a su destino.

Tras ceder al impulso de la desesperación, Bryan arremetió con fuerza contra los ladrillos con la pierna aprisionada y sintió que la presión se distendía momentáneamente. Consiguió separarse de lo que le sujetaba y, al hacerlo, tuvo la sensación de arrancar el hueso del alvéolo, pero consiguió auparse uno o dos metros. Ahora le ardían las dos piernas y tenía el brazo izquierdo enlazado con el de Smokey, del que procuraba no desasirse mientras trepaban juntos. Su compañero parecía debatirse, presa del pánico ante lo angosto del pozo y la arriesgada ascensión.

Faltaban un par de metros para emerger a la hierba de la superficie, pero allí no había ningún pozo de ladrillo que se hundiese en las profundidades de la tierra, como tampoco un bosque encantado en pleno Redford. De sobra lo sabía.

Lo sabía suficientemente, pero tenía que creerlo.

Como no dejaba de llover tierra y polvo de ladrillo sobre su cabeza, Bryan acabó por cerrar los ojos y subir a ciegas. Quiso obligarse a pensar en la imagen de la bodega tal como la había visto y grabársela en la mente: una minúscula cámara tapizada de ladrillo, una cámara pequeñísima... Saltó dentro y, de no haber sido por su maltrecha pierna, ni siquiera habría notado la caída. Pese a todo siguió ascendiendo, aupándose hacia arriba y poniendo la mano delante de la mano, delante de la mano, delante de la mano...

«Sólo falta un metro. Sabes que sólo falta un metro.»

Sintió un golpe doloroso en la región lumbar y casi perdió el asidero, pese a lo cual siguió con los ojos cerrados. Se esforzó en grabar la imagen en su memoria, quiso hacerla más real que el terror asfixiante y persistente de la ilusión. Todos sus sentidos le decían que estaba a punto de ser arrastrado hasta las profundidades de la tierra y morir, pero se esforzaba en desterrar los mensajes hacia abajo y apartarlos de sí. Con un desesperado impulso de los músculos, se izó hacia arriba...

... y entonces encontró la mano de Jake.

Veintiuno

*B*ryan gateó, jadeante, en dirección al sol. Notaba en el pecho astillas de la trampilla de madera. Juntos, él y Jake auparon a Smokey, que no paraba de toser y de palparse el pecho como si se hubiera tragado tierra.

Bryan se volvió a mirar a través del agujero del que acababa de salir. Por un momento le pareció que, al escrutar el fondo, vislumbraba las profundidades de un pozo..., pero enseguida desapareció la imagen y no vio más que el pequeño cuadrado del sótano. Observó que diseminados por el suelo había fragmentos de ladrillos desmenuzados. Habría jurado que también vio algo blanco con forma de serpiente que se escurría con celeridad entre las sombras.

—Vámonos de aquí enseguida, ¿queréis? —les propuso con fervor—. Ya no me fío de este lugar.

Nadie hizo ninguna objeción. Se retiraron a la estación, los tres respirando afanosamente. Algunos viandantes les dirigían miradas de desconfianza y Bryan pensó que debían de tener una facha deplorable. Se pasó la mano por el pelo para alisárselo.

Smokey estaba inspeccionándose la muñeca izquierda, que parecía algo inflamada.

—Te ha agarrado uno, ¿verdad? —le preguntó Bryan.

Smokey asintió con la cabeza.

—¿A qué te refieres? —preguntó Jake muy interesado. Bryan lo miró lleno de curiosidad.

—¿Qué has visto?

Bryan hizo unos movimientos con la cabeza.

—Sombras... Por un momento me ha parecido que estabas muy lejos.

—Creo que, realmente, lo estábamos —dijo Bryan respirando lentamente. De pronto observó que Smokey todavía no había hablado—. ¿Estás bien?

—Sí —dijo Smokey con voz algo áspera—. Es como si me hubiera tragado un campo de fútbol. Creía que quedaríamos enterrados... No soporto los lugares subterráneos. ¿No os lo había dicho?

Bryan le dio unas palmadas en el hombro con actitud comprensiva y procuró no pensar demasiado en el peso de toda aquella tierra que de pronto habían tenido encima... ¿Había sido la decisión de centrarse en la realidad existente detrás de la ilusión lo que los había salvado? ¿Había sido algo más aparte de la buena suerte?

—Pero ¿qué era aquel sitio? —preguntó Smokey.

Bryan se limitó a encogerse de hombros. Jake parecía pensativo.

—Ahora creo recordar qué había aquí antes —dijo frunciendo el ceño—. Creo que aquí estaba el orfanato.

Bryan recordó el zapato de muñeca que habían encontrado en la bodega. O en el pozo. O lo que fuera. En todo caso, esto hacía que todo pareciera más ominoso aún. Por lo menos a primera vista. Si aquello había sido en otro tiempo un hospicio, ¿qué había ocurrido?

—¿Fue uno de los edificios que derribaron para construir la estación? —inquirió Smokey.

Jake negó con el gesto.

—He leído algo... —arrugó la frente—, no recuerdo dónde, pero estoy seguro de que he leído algo sobre un incendio. ¿Queréis venir? —dijo por fin—. Vamos a mi casa y veremos si encuentro algo sobre ese hospicio en los libros que tengo.

—¿Y el agujero? —preguntó Smokey, lleno de ansiedad—. Me refiero a si lo dejamos así...

Bryan vaciló y después suspiró.

—Podemos volver mañana y taparlo con un tablero o con lo que sea —sugirió, más que nada para impedir que Smokey siguiera insistiendo en hacer algo en aquel momento. En realidad, no estaba muy seguro de encontrar el agujero si volvían al día siguiente—. Aunque estoy convencido de que el que tenga que encontrar el agujero lo encontrará tanto si lo tapamos como si no.

En Redford, cuando el Oscuro quería que sucediera algo, sucedía siempre.

Smokey todavía estaba indeciso.

—Supongo...

Eso hizo que Bryan se sintiera vagamente culpable, preocupado por el inacabable influjo del Oscuro y por los niños que pudieran acudir a aquel sitio después de ellos. Bryan se había mantenido tanto tiempo recluido en sí mismo a causa, sobre todo, de un sentimiento de defensa, encerrado a cal y canto en los hechos que constituían su pasado, que apenas pensaba en el resto del mundo.

Otra capa de remordimiento se acumulaba a las ya existentes. Siempre se ocupaba demasiado de sí mismo, siempre huía, sin intentar siquiera salvar a Adam, escapando del Oscuro sin tratar de advertir o proteger a nadie... Tal vez se tenía merecido todo lo que se había cernido sobre él. Si hubiera sido mejor hermano..., mejor persona..., mejor lo que fuese...

Sus habituales arrebatos de ira, remordimiento y hastío no dejaban de rondar por su cabeza mientras iban camino de la casa de Jake.

Los padres de éste seguían en el jardín. Se saludaron con un gesto fugaz y los chicos se apresuraron a entrar antes de que notaran su aspecto desaliñado. Bryan se limpió lo mejor que pudo en el impoluto cuarto de baño, procurando no dejar las marcas de sus dedos sucios. Hacía mucho tiempo que su casa no estaba tan limpia como aquélla. En su casa sólo hacían la limpieza necesaria, de forma superficial. En cualquier caso, jamás tenían visitas, así que...

Bryan salió del cuarto de baño y subió al desván para reunirse con los demás. Aun en contra de su voluntad, contó los escalones: «Uno es fuego, dos es sangre, tres tormenta y cuatro agua...».

Sintió un gran alivio al comprobar que sólo había diez escalones. Trece escalones hasta el piso superior en la colina del Rey, trece travesaños en la escalera que bajaba al sótano, trece piedras en el bosque. Todos los lugares frecuentados por el Oscuro llevaban su número, la secuencia que conducía directamente a él, una cantinela ritual con la que se recorría el camino que llevaba a las tinieblas.

140 Jake estaba sentado con las rodillas dobladas y hojeaba velozmente un grueso libro de historia. Smokey estaba recostado en el cojín relleno de bolas de polietileno y seguía frotándose la muñeca.

—¿Has encontrado algo? —le preguntó Bryan mientras se sentaba.

—Tal vez... sí. Aquí —dijo Jake volviendo el libro hacia sus compañeros, pero inclinándose él también para leer las páginas—. Creía haber leído algo sobre esto... Que se había incendiado y que el autor había sido uno de los chicos que vivían en la casa. Escuchad esto. —Volvió a coger el libro y se lo puso en el regazo, como si hubiera olvidado compartirlo, y se dispuso a leer en voz alta—. ¡Norton! Sí, ése es el nombre del chico... «Norton denunció que aquélla era la casa del mal y que en ella pegaban y maltrataban a los niños. Según declaró, el personal encargado de su cuidado les infligía severísimos castigos cuando se portaban mal, mientras que recompensaba a aquellos que denunciaban las infracciones de sus compañeros o revelaban sus secretos y fobias, lo que contribuyó a incrementar el rigor del ambiente. Se refirió repetidamente a una cámara subterránea usada como lugar de confinamiento solitario, si bien no precisó su localización exacta.» —Jake se interrumpió para mirarlos.

—Sí, me parece que hemos descubierto dónde estaba —dijo Bryan bajando la voz.

Jake continuó leyendo: «Por otra parte, pese a que Norton alegó que había sido testigo del entierro de varios niños que habían sucumbido durante la administración de tan brutales castigos, fue incapaz de conducir a las autoridades hasta los lugares donde estaban sepultados. Declaró que había formado parte de un grupo que había regresado secretamente al lugar en cuestión y lo había señalado con piedras, pero esas marcas no llegaron a localizarse nunca y, en cuanto a los otros doce niños que nombró como participantes en tales hechos, negaron tener conocimiento del asunto. Se dictaminó que lo que había contado Robert Norton no eran más que fabulaciones y, en consecuencia, en lugar de enviarlo a la cárcel, lo recluyeron en un manicomio de las afueras de Londres, donde permaneció varios años. El antiguo hospicio fue devorado por las llamas y finalmente se demolieron las ruinas para la ampliación de la estación».

Jake cerró el libro de un ruidoso golpe, que fue seguido de prolongado silencio.

—No son pasos, sino señales —dijo Bryan lentamente.

Un camino de piedras que conduce a un secreto enterrado, si bien el arcano se había mantenido en secreto porque la mayoría de los que lo conocían fingían, por miedo, no conocerlo. Además, a los que se atrevían a hablar de él no se les prestaba atención. El poder del Oscuro debió de crecer en torno a aquel horrible comienzo, de la misma manera que la perla se forma dentro de una ostra en torno a un grano de arena.

141

Un grano de arena en la historia de Redford, algo que sólo parecía pequeño visto desde fuera, algo tan equivocado y fuera de lugar que todo a su alrededor se torcía y distorsionaba.

—O sea, que el tal Pete, el que se suponía que rondaba por la colina del Rey, era el Oscuro —insinuó Smokey—. Ese hombre debía de estar en la casa de los niños cuando se cometieron todos los asesinatos... A lo mejor era el fantasma.

Bryan movió negativamente la cabeza.

—Creo que no es el fantasma de un hombre —dijo con acento tajante.

No le cabía en la cabeza que el Oscuro pudiera ser tan sólo un espíritu inquieto. Era demasiado grande, demasiado poderoso. Peter Hayward podía haber visto lo ocurrido en la casa de los niños, podía haber formado parte de los hechos... De hecho, a pesar de su muerte, seguía formando parte de ellos.

—Es más bien el fantasma de lo que ocurrió, no el fantasma de una persona —dijo Bryan lentamente, mientras se le iban juntando todas las piezas en la cabeza—. Somos prisioneros de su pesadilla —añadió—. Aquellos niños... Todos aquellos niños que murieron aquí y todo lo que les ocurrió... permanece. El Oscuro es todo el conjunto de cosas que cobra vida. Él está enterado de todos tus miedos, pero no hay quien te escuche cuando quieres contarle lo ocurrido.

—¿Y la canción? —preguntó Smokey.

—¿Y si empezó como una manera de recordar? —preguntó Jake bajando aún más la voz—. Una manera de no olvidar lo que les sucedió a todos los que desaparecieron. Después fue pasando de unos a otros, de unos a otros, sucesivamente, y probablemente llegó un momento en que ya no había nadie que recordase de qué iba todo aquello, ni cuáles eran las palabras originales... Aunque ese tipo de cosas se propagan siempre. Nadie recuerda cómo empezaron, pero la leyenda persiste.

—Y sucede lo mismo con el Oscuro —terminó Bryan con acento sombrío.

—Debe de alimentarse de los niños que secuestra —advirtió Smokey con expresión de asco—. Si su creación es resultado de lo ocurrido a aquellos niños, cada uno de los que han muerto después no ha hecho sino consolidarlo.

Bryan veía a Adam como un alma perdida y prisionera que contribuía a espolear lo mismo que había propiciado su desgracia. Sentía que empezaba a crecer dentro de él un núcleo ardiente de ira. Los crímenes cometidos contra aquellos niños indefensos se elevaban más allá de sus tumbas y condenaban a otros incontables niños al mismo destino. No se podía permitir que las cosas continuaran de aquella manera.

Sin embargo, ¿cómo acabar con esa pesadilla?

—¿Creéis que ha habido alguna vez alguien que quisiera pararlo? —preguntó Smokey haciéndose eco de lo que estaba pensando Bryan.

—Si lo hubo, no funcionó —respondió Bryan con acento sombrío.

—Habría que llegar hasta el mismo escenario del crimen, hasta el mismo centro de todo —dijo Jake bajando la voz y mirando a Bryan—. Pero eso significa recorrer Las huellas del Diablo.

Veintidós

—*E*staba pensando en lo que dijo Nina —exclamó de repente Smokey rompiendo un plúmbeo silencio—. Su amiga Marcie dijo que había visto fantasmas de niños...

—¿Crees que eran fantasmas de verdad? —preguntó Bryan.

—Quizá... —dijo encogiéndose de hombros—. En cualquier caso, tengo que hablar con Nina. Ella debe de haber oído los últimos comentarios... Por lo menos quiso convencerme de que era verdad... A lo mejor sabe más cosas.

—De acuerdo —dijo Bryan.

En realidad, dudaba de que la hermana de Smokey pudiera ser de alguna ayuda. Además, por otra parte, no tenía ganas de discutir sobre ese asunto. Sabía de antemano, con una especie de desesperación fatalista, a lo que podía llevar lo que ellos tratasen de hacer.

Llevaría a Las huellas del Diablo. Tarde o temprano, todo conducía a ese camino. Todo acababa llevando al corazón del bosque.

«Uno es fuego, dos es sangre, tres tormenta y cuatro agua...»

«¡Venga, adelante, Bryan! ¿De qué diablos tienes miedo?»

Cerró los ojos a los recuerdos y se limitó a escuchar el difuso murmullo de la voz de Smokey mientras hablaba por teléfono en la planta de abajo. Jake estaba callado, sólo de vez en cuando producía algún ruido esporádico al volver la hoja del libro. Bryan no sabía si estaba buscando más noticias sobre el hospicio o si sólo leía. Lo más probable es que no tuviera la costumbre de estar acompañado mientras leía. Al menos desde la desaparición de Lucy. Se preguntaba cuántas personas, a lo largo de los años, habían perdido hermanos, hermanas, amigos, hijos, todos ellos desaparecidos en las manos ladronas del Oscuro. ¿Cuántas habían llegado a saber o a conjeturar lo que podía haberles ocurrido? ¿Habría alguien intentado oponerse a aquel poder? ¿O quizá, del mismo modo que sus padres, estaban suspendidos en un espantoso limbo esperando unas respuestas que no llegarían nunca?

Oyeron el chasquido de la puerta de abajo al cerrarse y a continuación los fuertes golpes de los pies de Smokey al subir la escalera, tan rápidos que Bryan y Jake se levantaron precipitadamente.

—He llamado a mi casa y Nina no está. Mi madre creía que estaba con nosotros.

Fue lo único que dijo, no era necesario decir más.

Bryan se levantó de un salto.

—¿Quieres que vayamos a buscarla?

Smokey se frotó la frente con aire de preocupación.

—Es una niña idiota, lo sé, pero... —se disculpó.

—No pasa nada —dijo Jake apresurándose a cortarlo.

—Lo único que quiero... ¿Sabéis?

—Sí, claro, sé qué quieres.

—Está claro.

Ambos se encogieron de hombros como para quitar hierro al asunto, pero cuando Bryan miró los ojos de Jake leyó en ellos la misma preocupación que él sentía. Smokey todavía estaba en condiciones de decirse que a Nina podía no haberle ocurrido nada, pero sus dos amigos tenían motivos para desconfiar. Todo aquello le podía suceder tan pronto a

145

tu hermano como a tu mejor amiga o a tu hermana pequeña... Aquel pensamiento hizo que Bryan tuviera de pronto la
terrible conciencia de lo ingenuos que habían sido.

«¿Cómo podemos creer que el Oscuro se va a quedar
sentado esperando a que nosotros planeemos nuestro próximo golpe?»

Salieron precipitadamente de casa de Jake bajo un res-
plandeciente sol de tarde, aunque, de pronto, les pareció menos brillante y alegre que pocos minutos antes.

—Tendría que estar en casa de Becca —dijo Smokey con
palabras atropelladas—. Se pasa todo el día en su casa.

—Sí.

Aunque Bryan trataba de hablar en un tono relajado y
tranquilo, caminaban con gran rapidez y se movían con una
especie de angustia de la que no hablaban, pero que todos
compartían. Habían vuelto a caer las sombras, sentía de nuevo aquella desazón en la nuca, la sensación de que los estaban vigilando... Tenía el corazón en un puño y, de repente, se
dio cuenta de que sus pasos obedecían un mismo ritmo y
marcaban un claro y peligroso compás.

«Uno es fuego... dos es sangre... tres tormenta... y cuatro
agua.»

Arrastró los pies para dar un simple paso, ansioso de
romper aquel ritmo excesivamente familiar antes de que se
adueñase de su mente. Jake lo miró, pero no dijo nada y
apartó rápidamente la mirada.

«Todo irá bien, todo irá bien, todo irá bien...» Bryan quiso evitar la canción del jueguecito de Las huellas del Diablo
con una especie de oración de destino indeterminado: un
mantra vacío, sin sentido alguno, pese a que no paraba de repetirlo. No podía obligarse a creer en finales felices cuando
en lo único que podía pensar era en Adam: la habitación vacía de Adam, el silencio entre su padre y su madre, aquello
en que se había convertido la casa al dejar de ser un todo...

Smokey los condujo casi al trote hasta una casa situada a pocas calles de distancia de la suya.

—Ahí vive Becca... Nina estará aquí... —les dijo, todavía con un levísimo destello de confianza en su expresión.

Al levantar la mano para llamar a la puerta, a Bryan le sorprendió de pronto una lejana imagen que se abrió paso en su memoria: la imagen de su padre llamando a puertas, primero las de amigos, después las de amigos de amigos y, finalmente, a todas las puertas: «¿Está Adam? ¿Ha visto a nuestro Adam? ¿Ha estado aquí? ¿Lo han visto?».

Por supuesto que, ya entonces, Bryan sabía en lo más profundo de su corazón que aquélla era una búsqueda inútil. Todavía, al recordarla, sentía un extraño y terrible escalofrío. ¿Qué era lo que realmente le turbaba: el simple recuerdo de aquella situación o el pensar en cómo hubiera reaccionado su padre en el caso de que él se hubiera enfrentado al Oscuro para no volver nunca más? ¿Se habría desesperado, habría llorado, habría aporreado las puertas? ¿O lo habría quemado todo en busca de Adam hasta que no le quedara más que aquella vida sin vida, fría y gris, que era todo lo que mostraba al exterior?

Bryan estaba tan absorto en los recuerdos que se sobresaltó cuando una mujer bastante joven y rubia les abrió la puerta y los recibió con una sonrisa. Había esperado encontrar aquella expresión extrañamente evasiva que mostraba la gente cuando comenzaron a aparecer los carteles que anunciaban las desapariciones, aquella expresión que era una mezcla de compasión y de alivio junto con el remordimiento que la acompañaba: «Sabemos que su hijo ha desaparecido, pero nosotros estamos bien. Menos mal que no nos ha ocurrido a nosotros. Nosotros, por lo menos, estamos bien...».

En lugar de eso, la mujer pareció alegre y bastante sorprendida.

147

—¡Hola, Stephen! ¿Qué te trae por aquí?

—Siento molestarla, señora Cunningham —dijo Smokey, muy cortés—. ¿Ha estado Nina aquí?

La señora Cunningham sonrió y Bryan tuvo que refrenarse para no echarse a llorar por haberse sacado aquel peso de encima. «No siempre tiene que cargárselas el Oscuro, no pudo por menos de reprenderse. Ya ves cómo están las cosas. Eres un paranoico. Puede haber explicaciones completamente normales.»

—¡Ah, pues sí! —dijo la señora Cunningham—. No hace ni media hora que ha estado aquí preguntando si estaba Becca para ir a jugar con ella. Quería ir al parque, pero Becca está enferma desde la semana pasada, o sea, que se ha ido sola. Seguro que sigue allí.

Aquel alivio interno se transformó de repente, de forma brusca, en algo más frío que el hielo. Una niña pequeña deambulando sola por el parque...

«No ha terminado todavía. ¡Dios mío, no ha terminado todavía!»

Veintitrés

—*S*ólo ha ido al parque, ¿está claro? —dijo Smokey por segunda o quizá tercera vez—. Todos los niños van al parque, siempre están jugando allí.

En el aire vagaba la posibilidad de que Nina no hubiera ido a jugar al parque, sino que quizá hubiera ido hasta ese lugar para demostrar que los fantasmas de Redford eran algo más que una mera fantasía...

—¡Pues claro que van a jugar al parque! —exclamó Jake, más que nada para llenar el tenso silencio que de pronto se había instalado entre ellos, ya que Bryan no podía hablar.

Era como si se le hubiese secado la lengua y la tuviese pegada en la boca. De haber podido hablar, les habría gritado que tenían que parar y retroceder, que todavía no estaban preparados para aquello. Aún no era el momento de presentar batalla al Oscuro, todavía no estaban a punto...

Habría podido decirlo. O no. Porque más poderoso aún que el miedo que lo agobiaba era el peso de todo su remordimiento, acumulado y acentuado día tras día durante los últimos cinco años. «Huiste. Él vino a por Adam, pero tú huiste. Tú dijiste que no podías hacer otra cosa, pero no era verdad. Habrías podido luchar contra él, si te hubieras quedado...»

¿Quién podía saber qué habría ocurrido si él se hubiera

quedado? ¿Adam se habría salvado o el Oscuro se lo habría llevado también a él... o tal vez a él y no a Adam? ¿Qué habría sucedido si se lo hubiera llevado? ¿Su hermano se hubiera visto condenado a aquel mismo infierno que él había vivido durante los últimos cinco años? Una parte de él estaba segura de ello, pero había otra parte, más honda y más oscura, que le murmuraba por lo bajo que quizá, de haber sido él el secuestrado, sus padres lo habrían superado. Tal vez se hubieran recuperado de la pérdida de su hijo menor, pese a que no lo habían logrado con la de Adam. Después de todo, por algo habían vivido más tiempo con él. Además, Adam siempre había sido más inteligente, más valiente, más fuerte...

Aquellos pensamientos tenían un sabor amargo con el que estaba sobradamente familiarizado, eran un agrio encadenamiento de posibilidades que emergían desde lo más profundo de su mente en los momentos más insospechados. Algunos días estaba plenamente convencido de que no podían ser verdad, mientras que otros, aquellos días que eran más fríos y más oscuros, no estaba tan seguro.

Pensó en Smokey, tan preocupado por Nina. Por eso estaban los tres allí, dispuestos a lanzarse en brazos del Oscuro con tal de salvarla... ¿Por qué no había obrado él de ese modo? ¿Por qué no había sido un hermano como Smokey? ¿Por qué había huido?

Todas estas reflexiones y muchas más abrían caminos en sus pensamientos y lo revolvían por dentro con la fuerza de todo el miedo, la ira, el remordimiento y la amargura... Se dirigía a la escena del crimen y todo volvía a él.

El sudor le puso pegajosas las palmas de las manos y sintió el peso del corazón en el pecho. Casi todo su ser le gritaba que diera media vuelta... Casi todo, porque aquella parte íntima que reconocía lo mal que habían cicatrizado las heridas que había soportado aquellos cinco años últimos, una parte dura como el diamante, le musitaba que antes tendría sentido la muerte que permitir que le ocurriera lo mismo a otro ser humano.

Sin embargo, mientras trotaban por las calles de Redford —no corrían porque correr significaba admitir que algo podía salir mal— a Bryan le entraron ganas de reírse de sí mismo: pensar de forma tan melodramática que antes preferiría la muerte... En realidad él sabía cuál era la verdad de aquello, ¿o no? De haber sido verdad, hubiera dado media vuelta. Si hubiese sido cierto, se habría enfrentado mucho antes al Oscuro, en lugar de huir corriendo, agarrado de manera tan desesperada a aquella miserable, sobada y patética excusa, en pos de una vida que, en realidad, no era vida.

Saber todo aquello pesaba en él como una losa. En la cadena actual él era el eslabón débil. Smokey había hablado de lo que había visto, Jake había seguido investigando lo que estaba ocurriendo... ¿Qué había hecho él, en realidad, aparte de huir corriendo? No, no podía obrar de aquel modo. Y lo que era peor, sabía que si hablaba y advertía a sus compañeros de que estaba a punto de desfallecer, en el momento menos pensado, no creerían en sus palabras. Confiaban en él y no entenderían que fallase, no comprenderían que fuese un cobarde dispuesto a huir corriendo y a dejarlos en la estacada igual que había hecho con Adam...

No obstante, habían llegado a las puertas del parque y ya no quedaba tiempo para hablar de nada.

Bryan había llegado hasta aquí el otro día, pero sus recuerdos y el terror de que Jake pudiera morir desangrado ante sus ojos lo había cegado. Ahora, por vez primera, miró en derredor suyo y lo vio todo, pero la sangre que corría por sus venas no se alteró.

151

Las puertas de hierro forjado eran exactamente como las recordaba: altas, negras, imponentes.

—Las puertas están cerradas —observó Jake en voz muy baja.

Bryan fantaseó y le pareció escuchar otra voz que reverberaba como un eco debajo de la suya, su propia voz cuando tenía ocho años. «Las puertas están cerradas, Adam. ¿Por qué están cerradas?» Las puertas del parque habían estado siempre abiertas, menos aquel día...

—Lo están..., pero no para dejarnos fuera —dijo Bryan con voz igualmente baja.

El chico dio un paso adelante y tocó ligeramente la puerta izquierda con la mano, que se abrió silenciosamente como si todo el metal del que estaba hecha fuera ligero como una pluma.

—No hay retorno —murmuró Jake.

152 Sus compañeros no le replicaron que no dijera tonterías. Vacilaron porque sabían que, en cuanto cruzaran aquellas puertas, no habría marcha atrás. De una manera u otra, irían derechos hacia un objetivo.

Quien rompió la pausa fue Smokey. Con gesto decidido dio un paso al frente.

—Mi hermana está ahí dentro —dijo, resuelto.

Los otros dos chicos le siguieron.

Smokey y Jake, sobresaltados, pegaron un salto al cerrarse la puerta detrás de ellos. En cuanto a Bryan, ya se lo esperaba. Además, hizo lo que no se había atrevido cuando, hacía años, Adam se quedó mirándolo con aire burlón: golpeó la puerta con la mano. No le sorprendió tampoco descubrir que, pese a no tener cerradura, la puerta se hubiese quedado atrancada.

—¡Pues bien, así están las cosas! —dijo Smokey.

Jake respondió con una risita nerviosa.

—¿Por qué estamos...? Podemos salir trepando por la puerta.

Los otros dos chicos sonrieron y asintieron, pero Bryan sabía para sus adentros que, ocurriera lo que ocurriera, no lograrían llegar a trepar. Sólo utilizarían las puertas para salir en caso de que el Oscuro renunciase a ellos... Sería un camino u otro.

Contemplaron el parque. Estaba fantásticamente desierto, vacío como si fuera una medianoche de invierno y no una soleada tarde de verano. El sol que se volcaba en los deteriorados aparatos del campo de juegos no hacía más que acentuar la extrañeza del momento, como si quisiese señalar burlonamente que aquél era un día perfecto para todos los niños que no estaban allí presentes.

—¿Dónde están los niños? —dijo Smokey con un hilo de voz.

—Quizás hayan ido allá donde va siempre la gente de Redford —dijo Jake.

La ciudad se quedaba siempre desierta súbitamente cuando estaba a punto de ocurrir alguna cosa, pero esta vez la impresión era diferente, daba la sensación de que allí ocurría algo más. Si las normas habían cambiado, tal vez ellos tuvieran la culpa. Se habían colado en aquellos lugares desde los cuales el Oscuro ejercía su poder, intentaban plantarle cara, conocer sus secretos. Y ahora él respondía.

—Pero Nina ha ido al bosque —dijo Smokey por fin. No era una pregunta. Se había esfumado la falsa actitud fanfarrona, ninguno de los tres podía seguir fingiendo y hacer como si allí no ocurriera nada raro—. Pero ¿cómo vamos a...?

De entre los árboles, como una respuesta a aquella pregunta interrumpida en el aire, salió una voz infantil. Bryan no hubiera sabido decir si era una sola voz o muchas voces, si era voz de niño o de niña, ni tampoco distinguir las palabras, aunque la voz resonó muy clara en la quietud del aire.

Aun así, no importaba, porque los altibajos del ritmo le resultaban demasiado familiares. Era una cantinela ritual, una cancioncilla infantil que le atravesó el cerebro igual que un cuchillo y que hizo que, de pronto, retrocediera hasta cinco años atrás.

Veinticuatro

—¡Venga, Bryan! —dijo Adam, impaciente, a su hermano pequeño, que no quería seguirlo.

—¡Espera! —le suplicó Bryan.

Tenía las piernas cortas, si las comparaba con las de su hermano mayor. Para él, ir al parque con Adam no era lo mismo que caminar en compañía de papá y mamá. De Adam se esperaba que velara por su hermano pequeño, pero él optaba por correr por las calles, recorrerlas rápido como una flecha sin el más mínimo temor al tráfico. Simplemente suponía que Bryan haría lo mismo.

Adam no tenía miedo de nada, lo que indignaba a su hermano pequeño, porque sabía que todos esperaban lo mismo de él. Sentirse incómodo delante de sus compañeros de escuela era una reacción intermitente, pero ponerse en evidencia delante de Adam era motivo suficiente para que éste se lo echara siempre en cara.

—¡Vamos, tenemos que darnos prisa! Mamá no tardará en llegar.

Adam, que tenía entonces diez años, ya era demasiado mayor para que sus padres pretendieran cortarle las alas y no lo dejaran ni a sol ni a sombra. Vivían en una zona de Redford muy tranquila. Tenían permiso para ir hasta el parque en bicicleta, siempre y cuando no se separasen, aunque a su madre no le gustaba estar demasiado tiempo sin saber de ellos. A Bryan le parecía bien, más aún si comparaba la actitud de sus padres con la de otros padres que conocía. Sin embargo, a ojos de Adam eran excesivamente quisquillosos.

Aunque no lo admitiría nunca, Bryan se ponía un poco nervioso cuando los dejaban solos. Y no era porque tuviese miedo, sino porque estaba seguro de que Adam cometería alguna locura o alguna estupidez. ¿Cómo iba a pararle los pies? Ahora, mientras iba colina abajo detrás de su hermano, en dirección al parque, le sorprendió la visión de las puertas de hierro forjado que les impedían el paso.

—Las puertas están cerradas, Adam. ¿Por qué están cerradas?

Adam puso cara de estar pensando: «¿Cómo puede ser tan tonto? A lo mejor es porque las ha cerrado alguien». Se acercó a la puerta y la empujó, pero Bryan se quedó más atrás.

—No sé por qué están cerradas, Adam —dijo con cierta inquietud—. ¿Y si han cerrado el parque... o algo así?

Adam se burló de su hermano con todas las posibilidades que le daba la sabiduría mundana de sus diez años.

—Pero ¿quién va a cerrar el parque, Bry? ¡Venga, vamos!

Empujó las puertas, que despidieron muchos chirridos metálicos y, al conseguir abrirlas, Bryan no tuvo más remedio que seguirlo.

Su inquietud se tornó más aguda hasta convertirse casi en pánico al ver que el parque estaba completamente vacío: ni mamás con sus bebés, ni otros niños, ni adolescentes jugando al fútbol... Parecía que ellos dos fueran los únicos habitantes del mundo. Agarró a su hermano del brazo.

—Está cerrado, Adam, te lo he dicho.

—¡No lo está! —lo riñó Adam, desasiéndose de él—. ¿Y qué importa si lo está? Así tendremos todo el parque para nosotros. —Soltó una risita malévola y petulante a la vez—. ¡Iremos al bosque! —dijo.

—¡No, Adam, no podemos! —protestó Bryan; no estaban autorizados para ir solos al bosque.

Además Bryan no quería ir al bosque, lo odiaba.

La voz de su hermano se había hecho más solapadamente persuasiva.

—¡Venga, Bry, vamos al bosque! —suplicó—. ¡Venga, será estupendo! ¿De qué tienes miedo, Bryan? Papá y mamá no se enterarán. Nos metemos en el bosque y estamos de vuelta antes de que vengan a buscarnos. ¿De qué tienes miedo?

De muchas cosas, pero de nada que pudiera explicar a su hermano.

—Llegarán de un momento a otro —insistió.

—No, todavía no, tenemos tiempo de sobra. —Adam, como si nada, lo intimidó, al decirle, torciendo los labios y con sonrisa burlona—: No serás un gallina, ¿verdad?

Sólo había una respuesta posible:

—¡No!

La sonrisa de Adam se hizo progresivamente más amplia.

—¡Venga, adelante pues!

Adam se lanzó camino del bosque. Bryan fue tras él, ¿qué otra cosa iba a hacer?

No había estado nunca en el bosque sin sus padres y por eso no le gustaba mucho aquella incursión. A pesar de que todavía brillaba el sol, la forma que tenían los árboles de cerrarse sobre tu cabeza, encaminándote en la dirección que ellos querían y no en la que tú pretendías tomar, era casi terrorífica.

Sin embargo, no podía decir a Adam que los árboles los apresarían, que se oiría hablar de aquello hasta dentro de ciento dos años. En lugar de eso, se lamentó:

—Adam, ¿adónde vamos?

—Tienes miedo, ¿verdad?

—¡No! Lo que sucede es que... —Se interrumpió bruscamente y casi tropezó con su hermano—. ¿Qué es eso?
—preguntó con una voz muy aguda, más de lo que hubiera
querido; en aquel tono se apreciaba un matiz de pánico, pero
por una vez Adam no lo detectó.

—Una especie de calvero... ¡Ah, ya sé! —El rostro de
Adam se iluminó.

Bryan pasó rápidamente a su lado y se quedó boquia-
bierto. Delante de ellos, serpenteando entre la hierba larga y
dentada, había un reguero de piedras. No le fue preciso con-
tarlas para saber las que había. Eran trece. «Trece pasos hasta la puerta del Oscuro...»

—¡Caramba! —exclamó Adam—. O sea, que es verdad...

—Vayámonos de aquí, Adam —dijo Bryan, que sentía
una presión tan fuerte en el pecho que casi no le importaba
parecer un completo cobarde.

Sin embargo, Adam no se arredró.

—¿Estás de guasa? —Dio un salto sobre la primera piedra y siguió saltando sin que de su rostro desapareciera la
sonrisa. Bryan dio un respingo—. ¡Es lo que cuentan todos!
«Uno es fuego, dos es...»

—¡Adam! —gritó con todas sus fuerzas.

Él lo notó, notó lo que se estaba gestando, aquella fuerza
oscura que iba creciendo mientras su hermano jugaba como
si nada, de aquella manera tan peligrosa...

Adam saltó de la piedra que había pisado y se volvió a él
con una sonrisa desafiante. Los ojos le brillaban de tal manera que casi le ardían. Bryan dio un involuntario paso hacia atrás.

—Tienes miedo —se mofó de él Adam.

«Claro que tengo miedo. He de tener miedo... Los dos deberíamos tener miedo... ¿Es que no te das cuenta?»

—¡No, no tengo miedo!

—Entonces te desafío. Te desafío a que cantes la canción.

Bryan cayó en la trampa. Rehuir un desafío era lo peor que podía hacer, porque Adam contaría el hecho en la escuela y se convertiría de por vida en aquel que había encontrado ese camino, Las huellas del Diablo, y por miedo no había cantado la canción.

Su vida sería imposible.

—La cantaré.

—Venga, pues.

Adam se quedó mirándolo con una sonrisa, como si aquello no fuera nada más que un juego sin importancia y no la diversión más mortal que había conocido en su vida.

No obstante, Bryan había aceptado el reto y ahora no había manera de echarse atrás.

Antes de que los nervios hicieran mella en él, Bryan cerró los ojos y dio el primer paso al frente. Sintió que le acometía un intenso mareo, no como si estuviera de pie en una piedra plana rodeada de hierba, sino más bien como si se encontrara en lo alto de un imponente acantilado a mil metros de altura.

Aunque no quería pronunciar las palabras en voz alta, tampoco quería invocar su poder mágico y además las oía resonar dentro de su cabeza. El canto interior seguía el compás de la voz burlona de Adam y sonaba como si procediera de un par de metros de distancia, pero como si llegara de mucho más abajo.

«Uno es fuego.» El ritmo de la canción lo obligaba, lo forzaba a moverse hacia delante en contra de su voluntad. «Dos es sangre.» Sus pies se movían pese a que él no quería. «Tres tormenta... y cuatro agua.» Ahora la voz que cantaba junto con la que oía en su cabeza no sonaba igual que la de Adam, sino que era más profunda, más oscura y desagradable.

«Cinco es ira, seis rencor, siete es miedo, ocho es horror.» Bryan sintió que el espanto lo paralizaba, pero no hasta el punto de que le impidiera seguir moviéndose. Tenía los ojos fuertemente cerrados y ya no se atrevía ni siquiera a abrirlos porque tenía miedo de lo que quizá vería. Se le curvaron los labios y mostró los dientes en una mueca de terror, pero no consiguió frenarse.

«Nueve es pena, martirio es diez, once es muerte...»

Al llegar a aquel siniestro paso número once, un grito salió de su garganta con una fuerza incontrolable, al tiempo que abría los ojos. Una sacudida glacial de terror lo arrancó de aquel estado tan próximo al trance. Pero ¿qué estaba haciendo? No se trataba aquí de un simple desafío, sino de un asunto de vida o muerte. ¿Qué había hecho Adam con él que lo empujaba a enfrentarse con el Oscuro?

De repente, al ser consciente de lo que pasaba, Bryan recuperó el dominio de su cuerpo. Antes de que aquella espantosa fuerza hipnótica de la canción pudiera ejercer su poder sobre él, se desvió del camino y saltó.

Estuvo mucho rato cayendo, cayendo... hasta llegar al suelo. Sin embargo, al fin y al cabo, ¿acaso no caminaba sobre simples piedras de escasísimos centímetros de altura?

La desdeñosa risotada de Adam barrió los últimos ecos de la canción. Sin embargo, a Bryan no le importó. Había sentido la oscuridad del lugar, se pulsaba en el ambiente la terrible sensación del mal que acechaba e iba creciendo tras cada segundo. Llenaba el aire, lo ahogaba hasta que, prácticamente, le fue imposible respirar, ver o pensar...

Echó a correr buscando refugio entre los árboles, en busca de la última posibilidad de escapar que le quedaba. Tal vez no era demasiado tarde, tal vez el Oscuro no repararía en ellos porque no habían terminado el ritual esperado... Agarró a su hermano del brazo pensando que Adam seguramente debía de sentir «aquello», pero él seguía bailando, mientras continuaba adelante por el camino, sin parar de reír.

—Pero ¿qué haces? —exclamó a voz en grito—. ¡Eres un miedica! ¿Cómo se puede ser tan gallina?

—¡Adam, por favor! Tenemos que...

Bryan, desesperado, aparecía y desaparecía entre los árboles sabiendo que tenían que huir inmediatamente porque algo terrible estaba a punto de ocurrir: «¡Vámonos, Adam, por favor te lo ruego, vamos...!».

Sin embargo, su hermano no le escuchaba y, con una sonrisa burlona, saltó para atrás y se situó en la primera de las piedras.

—Ahora te voy a demostrar cómo aceptan los desafíos los hombres de verdad, Bry. Sígueme... Venga, nene, yo voy delante. ¿No vienes, Bryan? —Dio un largo paso atrás—. ¿Se puede saber de qué diablos tienes miedo? —Un paso—. No vas a decirme en serio que crees en todas esas paparruchas, ¿verdad? —Un paso—. ¿Crees que va a venir el Oscuro y me raptará?

Bryan apenas oyó aquellas palabras insolentes. Le hubiera gustado gritar a su hermano que él no sabía nada, que no entendía nada, pero no le salieron las palabras. En lugar de eso, retrocedió lentamente entre los árboles mientras iba murmurando en voz alta aquellas palabras en las que no quería pensar, las palabras poderosas que convocaban al Oscuro a recibir el sacrificio.

«Nueve es pena, martirio es diez, once es muerte, doce vida otra vez.»

161

Veinticinco

*T*ras hacer un gran esfuerzo, Bryan se liberó de sus recuerdos. Ahora no quería pensar en aquellas cosas, no quería recordar aquella ocasión en que el terror lo dejó paralizado y se sintió incapaz de correr detrás de su hermano, para agarrarlo, arrastrarlo..., salvarlo. No quería pensar en que la última imagen fugaz que había tenido de su hermano había sido aquella aterradora fracción de segundo en la que Adam se volvió para enfrentarse a la forma desdoblada del Oscuro... Entonces, Bryan escapó corriendo para echarse en brazos de la vida.

Se pasó la mano temblorosa por los cabellos, que tenía empapados de sudor, y se centró en el parque que tenía ante él: se obligó a limitarse al presente. Proseguían los fantasmagóricos altibajos de la canción, capaces de transformar lo que habría sido un día de sol absolutamente normal en algo sumamente inquietante. Al mirar a sus compañeros vio que éstos lo estaban observando.

—¿Bryan? —le interpeló Jake en voz muy baja.

Por toda respuesta, soltó un brusco ademán.

—¡A por ello!

Caminaron juntos en dirección a los árboles. Bryan imaginó que el mundo se expandía y crecía hasta deformarse y que aquel bosque que los acechaba se volvía enorme mientras que todo lo que quedaba detrás y más allá de ellos iba reduciéndose hasta pasar a la nada. Con todo, no sentía el bosque como algo extraño, sino como algo que pertenecía a Redford, que olía como Redford: el hedor de las cosas muertas desde mucho tiempo, de las cosas que se están pudriendo. Pensó en aquellos niños del antiguo hospicio. Habían sido asesinados y enterrados en secreto y de manera tan perfecta que incluso ahora, cuando se contaba la historia, nadie la creía... A pesar de que habían dejado huella. Aun así, sin tener en cuenta lo que hubiera podido ocurrir en ese lugar hacía tanto tiempo, aquello había dejado una mancha tan indeleble en la historia de la ciudad que, avanzando contra todo, seguía extendiéndose.

Se encaminaron al bosque. Bryan oía los fantásticos altibajos de la canción. Ésta dejaba traslucir de forma incuestionable el ritmo de las palabras que le eran tan familiares y que, pese a ello, le llegaban de manera indistinta.

—¿Sabes adónde vamos? —preguntó Jake, con una voz que era poco más que un murmullo.

Todos sentían la urgente necesidad de hablar en un hilo de voz, aunque no se trataba de aquel respetuoso silencio que se observa delante de una sepultura o de un antiguo poder, sino más bien del silencio tenso y temeroso que provoca el hecho de saber que allí hay «algo».

—Claro que lo sé —respondió Bryan con acento de profunda convicción.

Lo que sabía estaba en su sangre y en su carne. Hacía cinco años que estaba allí, atormentando sus días y poblando sus pesadillas. Era un reclamo silencioso que lo instaba a volver. Incluso ciego y sordo, habría localizado el lugar. O el lugar lo habría hecho por él.

Smokey suspiró bruscamente al ver aparecer una figura entre las sombras. Sintió al mismo tiempo que desaparecía toda la tensión acumulada.

—¡Nina!

Dio un paso hacia ella, pero Bryan lo retuvo.

Nina los miró y les sonrió con aire inocente. Pero sus ojos eran completamente inexpresivos, su mirada hueca, vacía, exenta de humanidad. Sin romper el silencio, les hizo un ademán para que la siguieran.

—¿Qué pasa?

Smokey se había quedado helado, atrapado entre el rostro conocido de su hermana y aquella expresión distante que adoptaba, la que dejaban traslucir sus ojos enigmáticos.

—¡El Oscuro! —dijo Bryan en voz baja—. Quien manda ahora es él. Son sus normas. O sea, que hay que obedecer.

Jake aspiró profundamente, pero no pronunció palabra.

Aquella niña que no era del todo Nina los condujo en completo silencio. Bryan advirtió súbitamente que la canción que había estado oyendo todo el rato había callado de pronto y que, en cierto modo, el silencio era aún peor. Los únicos sonidos que se percibían eran el ruido de sus pasos y el rumor de sus respiraciones. No se oía, literalmente, nada más. Ni viento, ni canto de pájaros... Aunque Nina recorría el mismo camino que ellos, sus pisadas no producían rumor alguno.

No fue ningún ruido lo que hizo que, de repente, Bryan se volviera hacia un lado sino, quizá, algún movimiento que captó por el rabillo del ojo o simplemente el alfilerazo de una sensación. Entre los árboles, a cada lado del camino, se agitaban sombras de niños, como si los cuatro avanzasen al unísono con un invisible ejército. La luz moteada del sol, que se filtraba a través de la espesa trama de ramas, no había sido capaz de ahuyentarlos nunca.

Jake resollaba, y Bryan dedujo que también su amigo había observado las sombras. Instintivamente, Jake lo agarró por la muñeca. Desde el otro lado, Smokey hizo lo mismo. Era lo más próximo a ir cogidos de la mano sin que lo pareciera. Aunque a aquellas alturas lo que menos importara, en realidad, fueran las apariencias.

Aquella escolta tan poco natural los condujo a través del bosque. El viaje les pareció largo, pero Bryan no se dejaba engañar. El camino que recorrieron podía ser tan largo o tan corto como el Oscuro quisiera.

Tanta espera, tanta ceremonia tenía como única finalidad que el glacial goteo del pánico fuera creciendo dentro de su pecho. Bryan lo sabía, lo entendía, pero seguía actuando del mismo modo. El Oscuro podía tratar de asustarlo, pero esto no significaba que el miedo no estuviese justificado.

«Estoy loco... Todos estamos locos. ¿Qué es lo que hacemos?» ¿Por qué habían creído que podían ir al bosque para llevar a cabo su plan, tuviera la forma que tuviera? No sabían qué había que hacer para derrotar al Oscuro, como lo habían ignorado cuando todo empezó. Sin embargo, ya no quedaba tiempo para pensar en ello.

El bosque comenzó a parecerle muy familiar, tan cercano que Bryan no sabía con seguridad si todavía vivía en el presente o si se había quedado atrapado en los detalles de aquella jornada pasada e indeleble para su memoria. Allí estaba la raíz retorcida con la que había tropezado, el árbol de tronco nudoso que parecía inclinarse para ofrecerse y allí, allí... estaba el calvero.

De no haber tenido a Jake y a Smokey al lado, tal vez se hubiera parado en seco en ese mismo lugar, ya que por algo estaba bajo el peso de cinco años de pesadillas. No es que todo aquello fuera parecido, era idéntico. El mundo giraba locamente fuera de control, todo lo que había visto, hecho y sentido durante los últimos cinco años se esfumaba hasta convertirse en un sueño febril. De pronto Smokey le presionó el brazo y musitó:

—¿Bryan?

Pero el momento había pasado.

Bryan aspiró profunda y temblorosamente y dio un paso adelante. Su silenciosa escolta se retiró y Jake y Smokey se

165

soltaron, como si supieran por instinto que habían alcanzado un punto en que sólo a ellos les correspondía seguir adelante.

Allí estaba aquel simple camino serpenteante de piedras, señales que indicaban las sepulturas de niños cuyos nombres ya nadie recordaba. Trece pasos, pequeños saltitos, como cuando se salta a la comba. Costaba poquísimo recorrer aquel camino de un extremo al otro... Sin embargo, allí estaban...

Las huellas del Diablo.

Bryan estuvo un buen rato con los ojos cerrados. Por su mente desfilaron imágenes, se agitaron recuerdos. Respiró lentamente hasta que la oscuridad lo invadió todo. Entonces volvió a abrirlos.

El mundo parecía haberse contraído, no podía ver más allá de lo que tenía directamente ante sus ojos. Sabía que Smokey, Jake y la silenciosa Nina estaban allí, pero muy lejos, como si ellos fueran la multitud apiñada en las gradas y él estuviera solo en medio del campo. Le correspondía a él hacer el saque inicial.

Dio un paso al frente.

Veintiséis

*E*l mundo a su alrededor se expandió y se transformó. Súbitamente la quietud de aquel calvero se quebró para transformarse en un paisaje de pesadilla formado por tierra negra y cuarteada y árboles abrasados. Tan intenso era el calor, que se le formaron ampollas en la piel y tuvo la sensación de que se derretía... No pudo reprimir un grito porque tuvo la plena convicción de que era transportado directamente al Infierno.

«Ha terminado todo, has muerto, estás totalmente perdido y supongo que esto es lo que les ocurre a todos los chicos que dejan morir a sus hermanos...»

Después mentalmente dijo: «uno es fuego». Sin embargo, aquello no era el Infierno. El Infierno era un camino de piedras y aquél no era más que el primer paso.

Siguió avanzando.

El calvero adquirió su aspecto anterior y Bryan soltó un rápido suspiro de alivio. Estaba allí, se encontraba bien, salía del paso. Acababa de superar la primera prueba.

Aun así, no había salido indemne. Todavía sentía en la piel el escozor de las quemaduras sufridas y, aunque no era bueno hacerlo, no pudo contenerse y recurrió al alivio temporal de restregarse los brazos para sentir cierta mejoría.

El tacto de la piel era extraño, parecía despegada de la carne en contacto con las yemas de sus dedos afanosos. Se miró los brazos y lanzó un grito de terror. La piel estaba ennegrecida y agrietada y rezumaba sangre espesa y oscura: sangre del corazón. Permaneció en una especie de estado de trance o de entumecimiento contemplando cómo se le iba la vida desde las arterias a través de los brazos maltrechos. A buen seguro que tardaría pocos minutos en morir...

«Uno es fuego, dos es sangre. Dos es sangre. No es real.»

«Es real.»

Aunque se daba cuenta de que aquélla era la segunda fase de la prueba, todo le parecía equívoco y falso. Lo que hacía el Oscuro, ¿era real o imaginario? No lo sabía ni le importaba; independientemente de si era verdad o mentira, todo aquello podía matarte. Además, ¿cómo conseguiría moverse cuando estaba viendo que se desangraba? ¿Cómo lo lograría si apenas le quedaban fuerzas y energía?

¡No! No sabía con seguridad si el único lugar en donde sonaba el grito de desafío era en su interior, pero no por ello dejaban de percibirlo sus oídos.

Movió con fuerza el labio inferior para acabar con aquel terrible entumecimiento que le tenía preso. Sangre a cambio de sangre, ¿no funcionaba de este modo? Cuando el fino reguero le resbaló por la barbilla, advirtió de pronto que podía moverse de nuevo.

Dio otro paso.

«Tres tormenta.»

Sus brazos volvían a ser sus brazos, limpios e incólumes; su piel sólo estaba levemente enrojecida, como si el sol se la hubiera bronceado... o quizá porque se la había frotado anteriormente. De repente el mundo se había transformado en un lugar oscuro y había empezado a caer una lluvia de enormes goterones. Tenía el cabello aplastado contra el cráneo y la ropa le pesaba más y más por la tromba de agua que caía, incesante, desde el cielo. La lluvia había aparecido de forma tan inesperada y era tan densa que incluso dolía, de un modo parecido a cuando uno se golpea con la superficie de una piscina al lanzarse en ella desde un ángulo equivocado.

Bryan comenzó a moverse y el mundo estalló en un fogonazo de luz y sonido. ¿No decían que podía calcularse la distancia del rayo por el espacio de tiempo que mediaba entre el relámpago y el trueno? Sin embargo, allí no hubo espacio intermedio. Debía de haberse salvado por una distancia de centímetros. A medida que fueron desvaneciéndose las manchas moradas que veían sus ojos, se dio cuenta de que aquellas piedras que tenía delante habían desaparecido por completo, como si la descarga del rayo las hubiera pulverizado. El aire húmedo crepitó con la electricidad estática y emanó un olor parecido al de los raíles del tren.

El camino había desaparecido. No podía seguir adelante y, como se quedara allí un segundo más, podía convertirse en un pararrayos. Tendría que...

¿Dar media vuelta? No, no podía. Si lo hacía, se perdería todo. Aunque, de todos modos, si se anulaban los pasos que había que dar...

No obstante, ¿acaso era posible? Las huellas formaban parte del Oscuro, eran parte de su poder, eran el camino que llevaba hasta su mismo centro. ¿Podían ser realmente destruidos en el punto al que había llegado?

Movido por un impulso, Bryan cerró los ojos. Pese a que su cerebro le advertía de que estaba a punto de caerse, dio un paso al frente, se tambaleó y casi se cae..., pero de pronto se encontró dando el paso siguiente.

«Uno es fuego, dos es sangre, tres tormenta y cuatro agua...»

«Soy capaz de hacerlo», pensó. La solución era sencilla. ¿Cómo era posible que no se le hubiera ocurrido antes? Sólo tenía que mantener los ojos cerrados y no creer en nada que quisiesen decirle sus sentidos...

Bryan lanzó un grito de sobresalto cuando sus pies se hundieron de pronto y sus rodillas golpearon la roca con un violento golpe. Negra como la noche y maloliente como si saliera de una alcantarilla llena de criaturas muertas, el agua lo envolvió. El chico, desesperado, trató de agarrarse a la piedra resbaladiza.

Tenía la cabeza bajo el agua... La sola idea de que pudiera metérsele en la boca toda aquella porquería, de que pudiera tragársela...

Osó arrancar la piedra de su sitio con una mano. Comprobó que era lo bastante larga como para taponarse con ella la nariz y se deslizó bajo el agua. Con un aullido inarticulado provocado por el asco que sentía, se zambulló con presteza bajo la superficie y se lanzó a buscar la siguiente piedra.

Al encontrarla, el agua desapareció. Se puso de pie profiriendo exclamaciones inarticuladas y toses, totalmente seco pero con el hedor inmundo todavía pegado al cuerpo. «Cinco es ira...»

Todo aquello no era justo. ¿Qué había hecho para merecer todo cuanto le estaba ocurriendo? ¿Por qué, de pronto, todo aquello se descargaba sobre sus hombros?

Desaparecían niños desde hacía décadas y, de repente, alguien debía cuadrarse ante la situación y ese alguien tenía que ser él. ¿Quién había elegido el nombre de Bryan Holden? Ahora perdería la vida... ¿Acaso no tenían bastante sus padres con haber perdido a un hijo?

Sin embargo, ¿por qué se preocupaba por ellos si éstos no lo hacían por él? Nadie se preocupaba por él... Así pues, ¿por qué preocuparse por nadie?

Por un momento pensó en la desesperación que había visto en Smokey ante la desaparición de Nina, pero no fue más que un momento. ¿Por qué Smokey hacía que él interviniera y salvara a su hermana? Cuando desapareció Adam, nadie hizo nada por él. Había vivido cinco años de pesadilla.

¿Por qué ahora, de repente, tenía que corresponderle a él la misión de procurar que los demás no sufrieran?

Es decir, ¿le exigían que tomara una resolución? Pues bien, lo haría. Tomaba postura contra el universo en general y contra toda la injusticia que lo había empujado hasta aquella situación. Pues bien, huiría...

«Huir corriendo. ¡No me lo puedo creer! ¡Eres un miedica! ¡Tú eres un gallina, tío!», resonó la voz de Adam en su mente. De pronto se apagó la llama ardiente de la ira. ¿Que él no se merecía esto? Pues claro que se lo merecía. No habría ocurrido nada de todo aquello si él no hubiera sido un cobarde. Si no se hubiera encogido antes de los dos últimos pasos y obligado a Adam a ocupar su sitio en el camino hacia la fatalidad. Él, sólo él, tenía la culpa de todo.

El arrebato de indignación que había sentido al percatarse de su inutilidad lo invadió por completo y, en un momento dado y decidido, dio un paso más.

«Seis rencor.»

Seguía encendida aquella llama del odio hacia sí, la que había alimentado cinco años con el remordimiento y el asco que le provocaba su propia persona. ¿Qué hacía allí? ¿Creía que podía ser una especie de héroe? Era un cobarde, ésa era la pura verdad. Eso era lo que era.

Seguía siendo el mismo chico de cinco años atrás, aquel niño que se había quedado de brazos cruzados dejando que Adam diera los pasos, a pesar de saber lo que supondrían para él. El niño que había dado media vuelta y escapado corriendo sin esperar siquiera a ver qué le sucedía a su hermano, sin intentar salvarlo de las garras del Oscuro.

Era el mismo que había visto lo que les ocurría a sus padres y no había dicho nunca ni una sola palabra. El niño que había visto desaparecer a otros niños y jamás había levantado un dedo para tratar de impedirlo. El chico al que nunca le había pasado por la cabeza tratar de luchar contra el Oscuro

171

hasta que aparecieron Smokey y Jake para decirle que había que actuar.

El niño que seguía siendo el hermano pequeño de Adam Holden y a quien todavía le quedaba algo que hacer.

Así pues, dio otro paso.

Veintisiete

«Cinco es ira, seis rencor...» Ahora daba el paso número siete. Era el paso del ecuador. La mitad del camino que llevaba al encuentro con el Oscuro en su propio terreno. «Siete es miedo...»

«Ya estoy medio muerto», pensó.

¡No quería morir! No quería moverse. No quería que aquello terminase.

Era mejor quedar congelado a medio camino, sin poder dar marcha atrás ni querer avanzar... Pero es que él estaba congelado desde la desaparición de Adam. Estaba atrapado fuera del tiempo, en un mundo donde tenía la impresión de que no quedaba nadie vivo.

¿No creía acaso que era mejor morir que seguir viviendo de aquella manera? No, no lo creía. Tal vez ahora sólo tenía a su disposición una pequeñísima parte de la vida que había disfrutado en otro tiempo, pero se aferraba a ella con ambas manos. Le daba miedo soltarla.

Tenía miedo de soltarse y hasta de agarrarse a la posibilidad de algo mejor. Aun así, si quería escapar, debía soltarse, a pesar del miedo al fracaso.

Dio otro paso.

«Ocho es horror.»

La oscuridad cayó de manera tan súbita que Bryan llegó a temer que se hubiera quedado ciego. El espacio se cerró a su alrededor y le pareció que había caído en una trampa, que se había quedado sumido en tinieblas, absolutamente solo...

«Sigues en el bosque», se dijo.

¿Seguía en el bosque? Hasta cierto punto podía ser verdad, pero ahora estaba en los dominios del Oscuro y tal vez todo aquello que encontraba a su paso sólo estaba dentro de su mente... Sin embargo, no significaba que no fuera real.

Tendió las manos y encontró unas paredes de ladrillo. De repente supo dónde estaba. Se encontraba bajo tierra, debajo del antiguo hospicio. El aire se iba agotando y las paredes se cerraban a su alrededor hasta casi no quedarle sitio al que correr a refugiarse o a esconderse...

Levantó los ojos, pero no vio sol que aliviara la oscuridad. Los tablones que habían roto para entrar habían sido sustituidos, aunque puede que, en realidad, no los hubieran roto nunca. Era la cámara subterránea, pero en otra época y en otro lugar, tal como había sido en el recuerdo de alguien.

Era la cámara subterránea en la época en que estabas aquí abajo, en la oscuridad, esperando a que viniera a buscarte alguien para llevarte con él.

Oía una respiración trabajosa, pero no estaba seguro de que fuese la suya. ¿Estaba solo en la oscuridad? Tenía miedo de descubrirlo.

¿Era el paso siguiente? ¿Cómo iba a moverse? Estaba atrapado, no podía moverse y algo se cernía sobre él.

No importaba si este algo tenía nombre o no, si tenía forma o no, porque aquí abajo, inmerso en la oscuridad, no existía diferencia alguna. Aquí abajo, rodeado de oscuridad, aquel algo era el mal sin rostro y sin forma que iba a por ti. Era la forma de todos tus temores.

El Oscuro.

Chirriaron las bisagras cuando alguien abrió la trampilla, pero no se coló ningún tipo de luz, sólo frío y aire fétido.

174

Todos los instintos le decían que se encogiese, que se escondiese..., pero no tenía un lugar al que escapar. No le quedaba más remedio que esperar, acurrucado de miedo, esperando a que apareciese el Oscuro y se lo llevase.

No, no era verdad. Todavía existía una posibilidad: podía subir antes de que él bajara y enfrentarse con el Oscuro esgrimiendo sus mismas armas.

¡Basta de zafarse! Había esperado cinco años a que llegara el Oscuro y se lo llevara. Ya era hora de dejar de esconderse en la oscuridad. Se adelantó y buscó los travesaños invisibles de la escalera. Estaba convencido de que los encontraría y se aupó...

... hacia la luz.

«Cinco es ira, seis rencor, siete es miedo, ocho es horror. Nueve es pena...»

Quedó deslumbrado por la luz del sol, que hizo brotar lágrimas de sus ojos. En cuanto comenzaron a fluir, no encontró forma de atajarlas.

¿Cuándo había llorado de verdad por última vez? A Bryan le sorprendió no recordarlo. Ni una vez siquiera había llorado por Adam. Habían arrancado a su hermano de manera tan súbita y definitiva de este mundo que no había tenido tiempo siquiera de llorar, debido al caos que siguió a continuación. Y después... ¿Cómo iba a llorar después si no había llorado antes?

Adam ni siquiera había tenido entierro. Los entierros eran para los que morían, no para los que desaparecían. Aunque Bryan podía tener la certidumbre absoluta de que su hermano no volvería nunca más, sus padres no la tenían y, tal vez, esto los corroía por dentro mucho más que a él. Si no tienes entierro, no tienes final y, si no tienes final, vas continuando siempre sin cambiar nunca, sin mejorar jamás.

Estaba llorando, pero llorar no lo aliviaba; no era más que

un pozo inagotable de llanto que manaba desde su mismo centro. Sentía dolor por Adam, por sus padres, por sí mismo. Por todos...

Absolutamente por todos.

De repente, al querer mirar a través del velo que formaban sus lágrimas, vio que en el calvero no había nadie más. Sólo él. Estaba solo.

«No seas idiota. No estás solo. Están aquí. No los ves, y, aun así, sabes que están aquí», pensó. Jake y Smokey lo estaban esperando, confiaban en él. Nina, secuestrada por el Oscuro, también lo esperaba, sólo a él, para recorrer el camino... Para, de una forma u otra, romper el hechizo.

«O sea que, por el amor de Dios, no te entretengas en lloriquear.»

Y dio otro paso adelante.

«Martirio es diez.»

Aquellos desgarradores sollozos que lo agobiaban dieron paso a trabajosos suspiros, cada uno de los cuales amenazaba con desgarrarlo por dentro. Sentía el furioso martilleo del corazón en las costillas y llegó a pensar que le reventaría el pecho: «¡Dios mío, me va a dar un ataque al corazón!».

Bryan cayó de rodillas con los brazos alrededor del pecho, aunque ahora el dolor se le había extendido por todo el cuerpo. Habría querido abandonar el camino arrastrándose por el suelo, desviarse de él y rendirse... Cualquier cosa con tal de que aquella tortura cesase de una vez.

Y continuó así hasta que pensó: «¿Qué es ese dolor? ¿Dónde está el dolor?». Ese dolor no sólo era físico. Era su cuerpo el que se estaba sometiendo a la tortura, no su mente ni sus sentimientos, ni siquiera el núcleo íntimo de su ser. ¿Acaso no estaba acostumbrado a sufrir? De hecho, gracias a ello, estaba más que preparado para aguantar aquel sufrimiento.

Sin embargo, pensar no era actuar, aunque, bien es cierto

que, en aquel lugar tan lleno de desafíos, la fuerza de voluntad lo era todo. Hizo un esfuerzo para levantarse y avanzó a través de una barrera de dolor tan tangible como un muro.

No obstante, de pronto, desapareció.

Se quedó un momento inmóvil respirando con esfuerzo. El mundo estaba extrañamente quieto y silencioso. ¿Dónde le esperaba el reto siguiente? Sabía que no había recorrido aún los trece pasos. Se arriesgó, pues, a cerrar los ojos un momento y contó mentalmente:

> Uno es fuego, dos es sangre.
> Tres tormenta y cuatro agua.
> Cinco es ira, seis rencor.
> Siete es miedo, ocho es horror.
> Nueve es pena, martirio es diez.
> Once es muerte...

177

Sus ojos se abrieron. Estaba en el paso número once. El paso de la muerte. Su paso, el que, cinco años atrás, había logrado que perdiera la presencia de ánimo y huyera. «Ése era el momento de la decisión final.» Salvo que...

No sentía nada. Ni tristeza insondable, ni ilusiones que se hacían peligrosamente reales, ni tampoco fuerzas exteriores que hacían mella en sus emociones para volverlas contra él. Nada. Nada que le impidiera seguir adelante y dar el paso siguiente.

Sin embargo, cuando empezaba a moverse... lanzó un grito.

Ante sí tenía el cadáver de Adam que lo miraba fijamente sin verlo. Igual que en la pesadilla que tuvo en aquel cuarto de la casa de la colina del Rey, pero esta vez un millón de veces peor. En aquella ocasión había sido el atisbo de una escena de horror entrevista en la sombra, pero esta vez... fue Adam. Más real que cualquier recuerdo o que cualquier sueño con los ojos abiertos, más detallado que una fotografía.

Después del lógico sobresalto del primer momento, a Bryan lo turbó la paz de la escena. Su hermano estaba inmóvil, parecía descansar. De no haber sido porque tenía los ojos abiertos, se habría dicho que dormía.

Bryan no sabía cuánto tiempo permaneció allí. ¿Fue una pequeñísima fracción de segundo? ¿O millones de años? ¿Qué era el tiempo en un mundo donde no se movía nada y donde no había seres vivos?

«Estoy vivo», se dijo a sí mismo, aunque no veía sentido a la frase, ni le parecía que tuviera importancia. Se sentía en un placentero estado de letargo, como en el borde de aquella sensación de los domingos por la mañana en que, tumbado en la cama, con la habitación inundada de sol, sabía que a los pocos segundos volvería a ausentarse en las alas del sueño.

178

«Ya no vivo esas mañanas. ¿Cuándo viví por última vez una mañana así?»

Era difícil resistirse al ritmo de aquella paz inhabitual. ¿Por qué no dejar que lo arrebatase, hundirse en aquel embotamiento y descansar de verdad por vez primera en muchos años?

¿Tenía algo de malo? ¿Era tan terrible rendirse y...?

«No eres un gallina, ¿verdad?», dijo una voz en su interior. «Vas a ver de lo que es capaz un hombre de verdad, Bry. ¡Anda, sígueme..., nene, yo voy primero!»

Los párpados de Bryan se estremecieron, abrió los ojos y sólo entonces se dio cuenta de que los había tenido cerrados. Vio el mundo que tenía a su alrededor, lo vio claramente, no a través de la neblina hipnótica en la que había estado inmerso. Y entonces vio a Adam.

¿Qué importaba si parecía tranquilo? No era el verdadero Adam, tan sólo era la envoltura que había dejado. Su hermano estaba desaparecido. Su hermano estaba muerto. Muerto a los diez años. Y allí no había nada que cuadrase. Tenía que seguir adelante..., y eso suponía pasar por encima del cuerpo de Adam. Frunció los ojos para cerrarlos con fuerza... y, seguidamente, volvió a abrirlos. No era una cosa que se pudiera obviar ni ignorar, algo que se pudiera pretender inexistente. Debía a Adam algo más. Tenía que pasar por encima del cadáver de su hermano si quería seguir adelante, pero no podría hacerlo fácilmente ni a la ligera.

—Lo siento, Adam —dijo con voz tranquila, inclinando la cabeza.

Entonces pasó por encima del cadáver de su hermano, incluso lo pisó.

En aquel momento, el cadáver de Adam se incorporó y lo agarró por una pierna.

Veintiocho

Bryan emitió un grito que rompió en mil pedazos la escasa paz que encerraba la escena. Cuando retrocedió, negándose a creer lo que le mostraban los ojos, su hermano se puso de pie. Adam se desperezó como los gatos y se rió con aire burlón.

—¡Vaya, hombre, por lo menos he conseguido hacerte llegar hasta aquí, Bry! —le espetó entre risas—. ¡Estás prosperando!

Bryan se apartó de él instintivamente, con los ojos muy abiertos por la sorpresa.

—¿A... Adam? —balbuceó.

Su hermano se burló de él con sorna.

—¿Br... Br... Bryan? ¿Qué pasa? —Se acercó a su hermano y se mofó de él por su manera de apartarse—. ¡Tranqui, tío, que no muerdo!

—¡Pero es que tú estás muerto! —exclamó Bryan.

—¡Ya lo sé! —respondió a voz en grito y con el rostro deformado por la furia que Bryan sabía desde siempre que sentiría. Era la furia terrible provocada por el espantoso destino que le había correspondido en suerte—. ¡Me mataste tú!

—Yo..., yo...

Bryan no sabía qué decir. ¿Qué podía responder? No podía decir: «¡No es verdad!». ¿Cómo iba a decirlo si sabía que no había cosa más cierta? Había dejado morir a su hermano, él era el único culpable.

—¡Tú me dejaste morir, Bryan! —le gritó Adam—. Sabías que él iba a por mí y huiste corriendo. ¿Cómo pudiste hacerme una cosa así?

—Yo..., yo... no quería...

—¿Que no querías? —preguntó Adam sin dar crédito a sus palabras—. ¡Vaya, así pues me mataste por accidente!

—¡No fui yo! —le respondió Bryan gritando—. Yo no tuve ninguna culpa.

—Sabías que ocurriría y, pese a ello, ¿hiciste algo para evitarlo? ¿Trataste de ayudarme? ¡No! ¡Escapaste corriendo! Escapaste y me abandonaste.

—¡Te lo dije! ¡Te lo advertí!

—¡Era una cancioncilla infantil, Bryan! ¡No era más que una tonta cancioncilla infantil! ¿Cómo iba a pensar que la cosa iba en serio?

—¿Cómo iba a pensarlo yo? —le respondió Bryan a la defensiva.

—¡Pero lo pensaste! —le dijo Adam con toda intención, tendiendo las manos en actitud implorante—. Tú lo sabías, Bryan. Lo presentías. Pero no dijiste nada. —Su tono había cambiado y Bryan sintió que su propia indignación se iba atenuando y hacía que se sintiera más vacío.

—Tú no hubieras creído mis palabras —se defendió en tono de súplica. Pero ¿qué suplicaba? ¿Perdón? ¿Comprensión? No lo sabía—. Te habrías burlado de mí...

—¿Que yo me habría burlado de ti? —exclamó Adam con aspereza y con acento amargo y sombrío—. O sea, que no intentaste salvarme la vida porque yo me habría burlado de ti.

Bryan cerró los ojos.

—No te hubieras creído mis palabras —dijo de nuevo, con el resto de serenidad que todavía le quedaba.

Cuando volvió a abrir los ojos, Adam lo estaba mirando —desde más abajo, porque ahora Bryan era más alto que él— y movía la cabeza con tristeza.

181

—¿Qué..., qué...? —dijo apartándose y echándose hacia atrás sus cabellos rubios y despeinados en un gesto que le resultaba dolorosamente familiar—. ¿Qué quieres que diga, Bryan? ¿Qué crees que puedo decir?

—Yo... —Bryan se miró los pies—. No lo sé. —Se encogió de hombros y soltó una risita, un sonido que le salió hueco y superficial—. Te juro por Dios que no lo sé.

Adam suspiró.

—¿Por qué has venido hasta aquí, Bryan? —preguntó en tono más resignado que enfadado, lo que todavía dolía más.

—Porque... —intentó decir Bryan antes de que se le quebrara la voz.

En cierta ocasión aquella pregunta había tenido una respuesta. Unas razones, una intención, algo de lo que estaba seguro. Al mirar por vez primera, tras cinco años, el rostro de su hermano vio que todo se había desvanecido.

—No lo sabes. —Adam sonrió apenas, pero con una mueca llena de cinismo. Después se sentó.

—¿Por qué estás aquí? —preguntó Bryan.

Adam levantó las manos y se indicó a sí mismo

—No tengo otro sitio donde ir, Bry.

—Pero tú estás... muerto. Te fuiste. Desapareciste.

—No me fui a ningún sitio, colega. Me quedé aquí prisionero.

—Prisionero... —dijo al tiempo que se le tensaba la mandíbula— ... del Oscuro.

Volvía a recobrar toda la fuerza de su resolución al recordar cuál era la verdadera razón de su retorno al bosque.

—De él... y de ti —dijo Adam con voz tranquila.

—¿Yo? Adam, yo no... Yo...

—Yo no estoy muerto de verdad, Bry —dijo su hermano—. Tú lo sabes. El Oscuro no tiene poder si tú no se lo das. Él crea el mundo en el que tú crees. Y tú no crees que yo, de verdad, esté muerto.

—Sé que lo estás —le contradijo Bryan.

Era algo que sabía muy bien. Todos los suspiros, pesadillas y rincones de su memoria se lo decían. Todos los pasos que no podía dar sin que la canción del Oscuro acudiese a su memoria.

—Lo sabes —Adam se encogió de hombros y sonrió—, pero no lo crees.

—Lo creo —dijo lentamente.

—Y, sin embargo, estás aquí hablando conmigo.

—Tú eres... No eres...

—¿No soy qué? ¿No soy real? —preguntó Adam con voz suave—. ¿Todavía crees en lo que es real y en lo que no es real después de todo lo ocurrido? Tendrías que estar más al corriente de la situación.

Bryan frunció el ceño.

—¿Qué...? ¿Qué quieres decir?

—¿Qué es real, Bry? —preguntó Adam—. ¿Yo? ¿Tú? ¿El Oscuro? ¿Este claro del bosque? ¿Cuál de estas cosas es real?

—Yo lo soy —dijo Bryan. Era el único de esa lista que sabía que era real.

—Lo que tú quieres decir es que crees que eres real.

—¿No basta con creerlo?

Adam soltó una carcajada.

—De acuerdo, pongamos que eres real. ¿Y el resto? —Se inclinó hacia delante—. Dime qué es real, hermano.

Bryan vio su propio rostro reflejado en los ojos de Adam. Los dos eran un eco, más iguales que lo que lo habían sido hacía cinco años. Se preguntó si sus padres se habían dado cuenta del parecido. Se preguntó si podía producirles dolor.

Cerró los ojos un momento y sintió la desesperada y urgente necesidad de cerrar el paso a todo aquello durante un segundo.

—Soy real —repitió con más firmeza. Volvió a abrir los

ojos—. Y esto también es real. —Allí de pie, dirigió una mirada a su alrededor con la que abarcó todo el claro del bosque—. Quizá no lo sea lo que vemos, sino... todo. Todo lo que ocurrió. Eso es real. Tú estabas aquí y después desapareciste y a lo mejor eso en parte fue culpa mía o quizá no lo fue, pero tú desapareciste. Y no volviste nunca más.

Adam, a su lado, sonrió de nuevo.

—O sea, que la realidad es esto, ¿verdad? Pues parece divertida.

—Sí, divertidísima —dijo Bryan con aspereza.

—Entonces, modifica la situación.

—No puedo —replicó frunciendo el ceño.

—Seguro que puedes. —Adam le tendió las manos con las palmas hacia arriba—. Éstos son los dominios del Oscuro. Quien decide lo que es real es él, Bryan. Yo ahora formo parte de ese mundo. Si lo matas a él, también me matarás a mí para siempre.

Bryan negó con la cabeza, con unos gestos rápidos y decididos:

—Tú ya estás muerto.

—No tengo por qué estarlo. Él transforma la realidad, pero tú puedes darle otra forma. Puedes hacerla diferente. Puedes hacer que sea siempre diferente. Hace que todo el mundo aparte los ojos de Redford. ¿No crees que puede hacer lo mismo contigo y conmigo?

Seguía con la mano tendida, inmóvil. Bryan lo miró en silencio, inconmovible.

—Coge mi mano, Bryan. Cógeme de la mano y camina. Todo puede ser diferente de lo que lo ha sido siempre. Sólo tienes que cogerme de la mano.

Bryan lo miró y Adam sonrió.

Veintinueve

$\mathcal{L}$os ojos de Adam eran enormes vistos bajo la espléndida luz del sol. Tenía los labios ligeramente entreabiertos en una malévola sonrisa que inducía a que la persona a la que iba dedicada respondiera con una especie de mueca porque sabía que estaba tramando algo.

Mirando su mano extendida, Bryan pensó: «Todo puede ser diferente de lo que lo ha sido hasta ahora».

¿Sería así de fácil? ¿Éste era el precio que pagar por venir hasta aquí y enfrentarse al Oscuro?

«¿Enfrentarse al Oscuro? ¿Cuándo te has enfrentado tú al Oscuro? No has terminado...», se censuró.

No necesitaba terminar. Había venido hasta aquí para dar descanso a los recuerdos de su hermano y en lugar de ello había encontrado algo más grande, algo que no se le hubiera ocurrido nunca esperar: la posibilidad de atrasar el reloj y cambiar aquellos cinco años para lograr que fueran como deberían haber sido.

Un lustro sin remordimientos ni pesadillas, sin esos sobresaltos ante el encuentro con las sombras. Cinco años con unos padres que se acordaban de todo, que le querían, que actuaban como seres vivos. Cinco años al lado de su hermano Adam.

La fantasía era tan endeble que casi no se atrevía a pensar en ella por miedo a que se desmoronara. Aquél era un mundo donde la habitación de Adam era un lugar en el que podías entrar sin que te gritaran, no una especie de falso museo donde todo estaba guardado en cajas. Un mundo donde la bici vieja de Adam se había quedado arrinconada en el garaje porque, al fin y al cabo, no era más que una bicicleta. Incluso pudiera haber sido sustituida por otra nueva, una de carreras, más adecuada para un chico de quince años.

Él y Adam irían juntos a la escuela. Su hermano estaría dos cursos por delante, pensando en los exámenes... Aunque, ciertamente, Adam no había pensado nunca en ellos y tampoco lo haría entonces. Tendrían deberes y todas las mañanas, a las ocho, delante del cuenco de cereales, harían deprisa y corriendo los problemas de mates que habían quedado pendientes. Deberes que no habían hecho porque la noche anterior no habían tenido esa necesidad. No precisaba esa excusa para esconderse en su cuarto en una desesperada búsqueda de algo capaz de ahogar los negros pensamientos que poblaban su cabeza.

Incluso si se quedaban en casa, Adam y él siempre hubieran tenido cosas mejores que hacer que dedicarse a los deberes. Probablemente tendrían un ordenador o una consola con la que poder jugar, porque sus padres seguirían haciéndoles regalos de cumpleaños o de Navidad.

La casa no estaría siempre tan silenciosa como una tumba, porque Adam y el silencio no se llevaban bien. Su hermano pondría música, esa música estruendosa y primaria, probablemente la más exitosa del momento, ya que Adam estaba siempre a la última. Y Bryan también tendría puesta su música y no usaría auriculares, como ahora, para aislarse del resto del mundo. La pondría a todo volumen para no oír la de Adam, hasta que el barullo fuera tal que sus padres les gritaran a los dos que ya bastaba de ruido y que bajaran esa música.

Sus padres los llamarían, como siempre, por el hueco de

la escalera cuando tuvieran que bajar a cenar; no como ahora, cuando Bryan sólo se enteraba de que la cena está lista por el casi imperceptible e indiferente arrastrar de los pies de su padre en dirección a su habitación. En la mesa habría cuatro platos y una persona delante de cada uno. Nunca comerían en silencio, sino que la charla sería continua: contarían chistes y habría quejas y lamentaciones por el mal día que todos habrían pasado.

Aunque, en realidad, no habría nunca días malos, porque ahora sabía muy bien qué eran, realmente, los días malos. Además, sabía que en el mundo que compartía con Adam no los podría haber.

Y sobre todo, teniendo a su hermano a su lado, no se encontraría nunca totalmente aislado como hasta ahora. Se había pasado cinco años arrastrándose por el mundo igual que un fantasma, viendo a gente, incluso hablando con ella, pero sin tocarla, sin entrar en contacto real con los demás. Había otros seres que vivían en el mundo, pero Bryan no hacía más que transitar, incapaz de encontrar un anclaje al que aferrarse, algo que le permitiera adquirir una nueva solidez. En todo ese tiempo nunca se había sentido más vivo que Adam.

«Pero no en todo este tiempo.» Recordaba, casi con sobresalto, que en los dos últimos días todo había cambiado. Había conocido a Smokey y a Jake, seres que estaban vinculados a él, seres que vivían en el mismo mundo semirreal que él. Con ellos se había reído y con ellos habían saltado chispas, sin contar con la secreción de adrenalina ante el hecho de estar haciendo realmente algo, de tener un objetivo, de contar con algo por lo que luchar.

Sintió una punzada de dolor, pero enseguida se recordó a sí mismo que no había razón para que ellos tuvieran que desaparecer. No porque reapareciera Adam tenían que desaparecer ellos. Si se acordaban de él en su mundo nuevo, el que

187

ocupaba junto a Adam, seguirían siendo sus amigos y serían felices al pensar en él. Y si no lo recordaban..., bueno, a lo mejor volverían a hacerse amigos. Sabía por instinto que esta vez sería fácil.

Adam seguía mirándolo. Las cejas enarcadas daban a su mirada una expresión levemente inquisitiva. A Bryan le asaltó el temor repentino de que si meditaba demasiado tiempo sobre aquel ofrecimiento, le sería arrebatada la posibilidad de aceptarlo, por lo que levantó la mano con intención de asir la de Adam...

Entonces, se paró.

—¿Qué ocurre? —exclamó Adam, en tono más sorprendido y complacido que irritado.

Y entonces Bryan se acordó de repente.

Smokey, Jake, Nina. Lucy Swift. Jeanne Wilder. Mil nombres más que ignoraba y que probablemente no conocería nunca. Nombres anotados meticulosamente en aquella carpeta donde Jake guardaba planos y recortes de periódico. Nombres resaltados en las primeras páginas de los periódicos, fotos pegadas en los postes telefónicos y en las puertas de las tiendas.

Lentamente fue apartando la mano de la de Adam.

—No... No he venido a eso... —titubeó.

—¿Cómo? —En el rostro de Adam apareció una mueca de confusión y los primeros signos de impaciencia—. ¿Qué diablos significa eso?

Bryan retrocedió unos pasos y negó con la cabeza.

—Yo no he venido a eso, Adam —dijo con acento triste—. No se trataba de eso.

—¿Cómo que no se trataba de eso? —le gritó Adam—. Siempre se ha tratado de lo mismo. ¿Qué quiere decir eso de que tú no has venido a eso? ¡Tú has venido a buscarme a mí!

—Sí, he venido a por ti —admitió lentamente Bryan—.

Es verdad. —Dio otro paso decidido para atrás—. Y en esto es en lo que estamos equivocados, porque tú me hiciste pensar que yo había venido aquí por mí.

Adam avanzó hacia él con los ojos grises ahora más oscuros y llameantes.

—Eso no tiene pies ni cabeza.

—Tal vez, pero creo que no me equivoco —dijo mientras continuaba retrocediendo—. No he venido aquí para mejorar las cosas, Adam. No he venido aquí para tapar con un poco de yeso las heridas y hacer como si no hubiera ocurrido nada. He venido aquí para parar esto.

—Lo sé. Pero no sirve de nada. Hay que mejorar lo que había.

La propuesta del Oscuro era muy tentadora: hacer volver a Adam, vivir su vida como debiera haber sido..., pero no bastaba con eso. Aquello no ponía punto final a la situación. Él volvería, pero ¿y los demás? Todas las demás familias que habían perdido a alguno de sus miembros, todas las que los perderían...

Bryan podía hacer regresar a Adam. Podía lograr que su hermano volviera, pero sólo en caso de renunciar a la batalla, sólo si daba media vuelta y adiós muy buenas. Sólo si permitía que el Oscuro continuara robando niños en Redford, arrancando la vida y el alma de la ciudad.

Adam frunció los ojos.

—No quieres que vuelva. Lo que me dices es eso.

—No puedo hacerte volver —dijo Bryan. Si las palabras le dolieron tanto fue porque sabía que eran verdad—. Eso es lo único que digo.

—¡Puedes, Bry! —insistió Adam, impaciente—. ¿Acaso no me escuchas?

—Te escucho —dijo Bryan lentamente—. Te escucho más de lo que crees. —Hizo una breve pausa—. Si muere el Oscuro, tú también lo harás... Eso es lo que has dicho.

—Yo estoy en su mundo, Bryan —le recordó Adam—. De él sólo puedes sacarme tú.

—Y yo sólo puedo hacerlo si me aparto y dejo que se vaya. Es eso, ¿no? El precio es ése. No hay manera de librarnos de él sin... —vaciló un poco— ... librarnos de ti.

Si debía borrar realmente al Oscuro, eliminar para siempre su influencia en la ciudad... perdería también a Adam. No podía liberarse del Oscuro sin renunciar a todo lo que había quedado de su hermano.

—¿Dejar que se vaya? —repitió Adam como un eco, aún incrédulo—. Bryan, ¿qué demonios te piensas que haces? ¿Crees que puedes luchar contra él?

—Creo que ya estoy luchando contra él —respondió Bryan en voz baja—. Trece pasos, Adam.

«Trece pasos hasta la puerta del Oscuro. De allí no volverás, esto es seguro.» Las palabras que habían resonado en su cabeza mil veces de pronto adquirían un tono diferente. Él había hecho siempre lo mismo: dar media vuelta y refugiarse en el pasado. Había vivido siempre la misma tarde soleada, una y otra vez, encerrado siempre en el mismo círculo. Como aquellos niños que fueron asesinados a lo largo de los años y que quedaron encerrados en sus últimos momentos a fin de vivir una vez y otra la misma pesadilla, incluso después de la muerte. Habían empujado con ellos a toda la ciudad hacia el terror de vivir bajo la sombra del Oscuro porque no podían escapar.

Tarde o temprano, alguien tenía que huir.

Miró a Adam.

—El Oscuro hace que todos se enfrenten a sus mayores miedos. Yo sé cuál es el mío. Sin embargo, creo que he de admitir que ha terminado. Se ha acabado, Adam. Ha terminado: estás muerto y es demasiado tarde. Por muchas veces que me arrastrara hasta aquí ya no podría salvarte. Es hora de terminar las pruebas.

—¿Renuncias? —preguntó Adam con aspereza.

—Sigo adelante. —Bryan miró a su hermano y sonrió con tristeza—. Lo siento, Adam. Lo siento mucho más de lo que crees, pero no fui yo quien te mató y no es culpa mía si no puedo hacerte regresar. Lo siento.

Entonces, tras apartarse de él, dio el paso final.

Treinta

*U*na especie de avalancha le inundó los oídos. Internamente tuvo la sensación de que caía desde una gran altura. Se vio asaltado por destellos de imágenes que se sucedían con tal rapidez que no estaba seguro de si eran reales o de si sólo eran fruto de su imaginación. Eran imágenes que no hacían más que configurar formas fortuitas: recuerdos de Adam, momentos pasados con Smokey y Jake, pesadillas del Oscuro...

De pronto se hizo de noche. No habría sabido decir si estaba en un enorme espacio abierto o prisionero en un minúsculo reducto. El ambiente era agobiante y lo presionaba con fuerza, como si estuviera enterrado bajo tierra. Sus sentidos no le decían nada..., pero sabía que no estaba solo. Presentía a otros allí fuera, apelotonados a su alrededor, como si fueran niños fascinados. Porque de niños se trataba. Niños que no habían crecido, que se habían quedado allí atrás, prisioneros de su dolor, que aprisionaban a los demás en su sufrimiento.

—Oíd —dijo Bryan con voz ronca. Pese a que era su propia voz, le sonaba extraña y, por otra parte, tampoco estaba seguro de hablar en voz alta—. Tenéis que... ¡Esto tiene que terminar! Se ha acabado, ¿entendido? —Se le quebró ligeramente la voz al pensar en Adam—. He venido hasta aquí y he recorrido los pasos. Sí, lo he hecho. He llegado hasta aquí para descubrir el secreto. Aun así, no..., no basta con esto. El

Oscuro está aquí porque vosotros lo retenéis. De la misma manera que yo retengo a Adam. Todo esto no terminará hasta que lo dejéis marchar.

Sus palabras cayeron en un insondable silencio. No hubiera podido decir si alguien o algo las había oído.

—Lo que ha ocurrido aquí es terrible... Todo lo que os ha retenido aquí —continuó—, igual que lo que me retiene a mí. Han pasado cinco años y no me he movido. No he parado de vivir lo mismo una y mil veces porque, si retrocedes, todo esto se convierte en el cuento de nunca acabar, a pesar de que tampoco consigues olvidar nada. Sin embargo, no puedes pasarte la vida viviendo lo mismo una y otra vez. No puedes estar siempre sin moverte del mismo sitio. Tarde o temprano alguien tiene que moverse.

Prosiguió el silencio.

—No quiero abandonar a Adam —dijo Bryan con voz desgarrada—. No quiero, pero es que no puedo... —Se mordió el labio—. No puedo hacer otra cosa. No puedo seguir volviendo. No es eso lo que hay que hacer. No sé qué ocurre cuando uno muere, ni sé tampoco adónde vamos, suponiendo que se vaya a algún lugar. Pero vosotros no deberíais estar aquí. Mientras permanezcáis aquí, seguirá ocurriendo lo mismo y nadie podrá escapar. Ni yo puedo vivir ni vosotros podéis morir y nadie va a ir a ninguna parte. —Se quedó en silencio, su respiración era jadeante—. Tarde o temprano tendréis que volver a seguir el camino e ir a algún sitio —dijo en voz baja.

Bryan siguió adelante dando con ello la impresión de que intentaba abrirse paso a través de una materia casi sólida. De repente cesó la presión y pasó a un espacio a pleno sol.

Unas manos lo agarraban por los codos. Mientras Smokey y Jake lo ayudaban a subir, sintió de pronto la urgente necesidad de aspirar aire como si, sin saberlo, hubiera estado un buen rato privado de oxígeno.

—¿Qué ha pasado? —preguntó Jake, inquieto.

Bryan parpadeó y se tambaleó porque todavía no había recuperado del todo el equilibrio. Su visión era borrosa debido a las imágenes que había presenciado. Tardó un momento en ver con precisión los objetos a la luz del sol de la tarde.

—¿Qué has visto? —le preguntó Jake.

—¡Nada!

Jake frunció los ojos.

—Has recorrido el camino de las piedras. Ibas muy despacio y te tambaleabas terriblemente. He llegado a pensar que te caerías.

—Ha faltado poco —admitió en voz baja.

Bryan vaciló y estuvo a punto de caerse de bruces cuando Smokey le soltó el brazo de repente para acercarse precipitadamente a su hermana.

—¡Nina! ¿Estás bien? —le preguntó, ansioso.

La niña se estremeció como quien sale progresivamente de un sueño.

La visión de Nina fue imprecisa durante unos segundos, pero fue volviendo a la normalidad paulatinamente.

—¡Stephen! ¿Qué haces aquí? —lo interpeló con el ceño fruncido.

Smokey trocó al momento la angustia por un encogimiento de hombros indiferente y, tras soltar el brazo de su hermana, se arregló la chaqueta.

—Nada —se justificó—. Estoy aquí con Bryan y Jake.

—¿Ha dicho mamá que vinieras a buscarme? —preguntó con aire desconfiado.

—Como si lo hubiera dicho.

Nina puso cara enfurruñada.

—Vosotros, los chicos, siempre controlando. ¡Que no soy una pequeñaja, oye! Que soy muy dueña de ir al bosque... si me da la gana...

A la niña le temblaba la voz mientras observaba el ambiente de su alrededor, incapaz probablemente de recordar cómo había llegado hasta allí ni por qué.

Se movió un poco sin objeto preciso y sus ojos se iluminaron de pronto al descubrir la ristra de piedras.

—¡Eh, mirad! —exclamó—. ¿Os dije o no que en el bosque había eso? Son las piedras. Las huellas del Diablo, lo que dice la canción...

Se lanzó hacia ellas, pero Smokey, presa del pánico, se abalanzó para pararla. Bryan detuvo su avance poniéndole el brazo en el pecho, con la vista fija en las sombras que, más allá de su amigo, se percibían en los confines del calvero. En los bordes de la imagen, como residuos de otras imágenes que todavía persistiesen, habría jurado que veía difusas figuras que, apostadas, observaban.

—¡Basta, Smokey! —le dijo con voz tranquila.

Smokey, nervioso, respondió dirigiéndole una mirada escéptica, aunque permitió que lo empujase hacia atrás.

Luchar contra el Oscuro no surtiría efecto, del mismo modo que despertar de una pesadilla no te ahorraba las que estaban aún por venir. Había que llegar al meollo, visitar las fuentes, ir hasta los últimos motivos.

El Oscuro se había forjado en torno a un terrible secreto que estaba enterrado desde hacía mucho tiempo, pero él y los demás habían cavado muy hondo para encontrar la verdad y, así, se habían abierto paso hasta el corazón de la misma sin ceder un ápice. Y ahora... Ahora correspondía que los espíritus torturados que todavía permanecían en aquel lugar hiciesen lo que era preciso.

Habían permanecido enterrados, pero sin poder descansar a lo largo de décadas, anclando la oscuridad a una ciudad que incluso había olvidado que hubieran existido. Después de tanto tiempo, ¿podrían liberarse? ¿Querrían? El Oscuro era la única sombra de su existencia que todavía persistía y por eso se aferraban a él..., del mismo modo que Bryan lo había hecho con la tortura de revivir lo que le había ocurrido a Adam, ya que aquella solución podría ser mejor que aceptar que su hermano se hubiera marchado.

Observaron a Nina cuando se acercó a las piedras. Ignorando el drama que había tras ellas, fue saltando de piedra en piedra y avanzó con la misma facilidad que si se tratase del juego de la rayuela. «Uno es fuego, dos es sangre, tres tormenta y cuatro agua», iba cantando a media voz. A Bryan le pareció que oía murmullos fantasmales que se hacían eco de las palabras: «Cinco es ira, seis rencor, siete es miedo, ocho es horror».

Smokey y Jake cruzaron miradas cargadas de tensión. Bryan se acercó para coger a sus compañeros por la muñeca. Iba dibujando las palabras con los labios, acompañando a Nina y a las voces fantasmales que se percibían lejanas: «Nueve es pena, martirio es diez, once es muerte, doce vida otra vez».

Al llegar a la parte final, Bryan sonrió levemente y pronunció las palabras en voz alta: «Trece pasos hasta la puerta del Oscuro. De allí no volverás, esto es seguro». Era así. Todo había terminado. Lo percibía.

Nina saltó desde la última piedra y se volvió, vencedora, con las manos en jarras. Pero inmediatamente soltó un grito y retrocedió, apresurada, mientras la tierra empezaba a temblar.

—Pero ¿qué demonios...? —empezó Jake.

Smokey ya iba a atravesar corriendo el calvero para reunirse con su hermana cuando Bryan lo apartó rápidamente de las piedras. Se oyó un fuerte estruendo y de pronto desapareció el camino, la tierra se tragó Las huellas del Diablo.

—¡Oh! —exclamó Smokey con los ojos desorbitados.

Todos se quedaron petrificados mientras el temblor se amortiguaba.

Bryan fue el primero en avanzar. Puesto de rodillas junto a la grieta que acababa de abrirse en el suelo, oteó su interior.

Estaba lleno de huesos. Huesos de niños.

Epílogo

*E*n el bosque, repleto de policías, la sensación era... extraña. Como si se hubiera cerrado el círculo, si bien ahora no era la desaparición de Adam lo que investigaban, sino su hallazgo.

El número de esqueletos extraídos del agujero era espantosamente grande. Además, todavía faltaban muchísimos por extraer, entre los cuales, probablemente, estuviera el de Adam. Casi era preferible no identificarlos. Quizá las pruebas acabarían revelando las identidades de todos ellos y, tal vez, alguien, en algún lugar, sería capaz de dar nombre a los primeros niños que habían sido enterrados en secreto en aquel lugar para, de este modo, darles por fin el descanso que merecían.

Al fin todos los niños, como los que habían desaparecido hacía décadas, encontrarían reposo.

Los impasibles detectives que lo habían interrogado a él, igual que habían interrogado a los demás, murmuraban por lo bajo que se trataba de algún culto extraño o de asesinatos en serie. Tal vez seguía persistiendo hasta cierto punto aquel trastorno de la memoria peculiar de Redford. Puede que no quisieran afrontar una verdad que se les antojaba difícil de desentrañar. Bryan no creía que tuviese importancia ya que, cualquiera que hubiera sido el poder que había tenido el Oscuro en el bosque, ya no existía. Lo mismo pensaron los demás testigos de la destrucción del Oscuro.

Smokey se llevó a la fuerza a su hermana a casa, pese a sus protestas durante todo el camino, porque Nina hubiera querido ver cómo desenterraban los esqueletos. Jake se vio obligado a marcharse poco después alegando que sus padres ya habían esperado bastante. Recordó a Bryan que volverían a verse los tres al día siguiente, en la escuela. Aunque sonaba raro.

Bryan, pues, se quedó solo, observando cómo trabajaban los policías. Tal vez tendrían que haberle dicho que se fuera, pero no se lo dijeron. Había empezado a llover.

—¡Bryan!

Tuvo un sobresalto al oír gritar su nombre, por lo inesperado, aunque conocía de sobra la voz que lo había gritado. Al volverse vio que su padre se le acercaba corriendo, tropezando y patinando en el barro viscoso. Le pareció extraño que lo cogiera de los hombros, lo examinara como queriendo convencerse de que estaba realmente ante él, como si le importara que existiera.

—Bryan, ¿estás bien?

—Yo... ¿Eh?... Sí... Bueno... —balbuceó, sorprendido por la pregunta, sin saber cómo tomársela.

Tampoco supo lo que hacer cuando su padre le echó un brazo sobre el hombro para acercarse más a él, antes de volverse a observar las excavaciones de los policías. Al levantar los ojos, Bryan vio su rostro crispado por el miedo y la inquietud, emociones profundas pero reales, sinceras, que habían cedido paso al espantoso aturullamiento de antes.

—Tu madre viene en coche. Llegará dentro de nada.

Bryan quedó aturdido ante aquella revelación: no sólo que su madre se levantara de la cama en domingo, sino que viniera en coche, lo condujese ella y se dirigiese a un determinado destino, en lugar de dejarse llevar a cualquier parte.

Le costó creer igualmente que fuera su madre la que se

acercaba corriendo entre los árboles, como antes había hecho su padre, para reunirse con ellos dos.

—¡Bryan! —le gritó, asustada, sobresaltada, preocupada, como quien despierta en plena pesadilla.

Bryan estaba encantado.

Hizo un gesto vago en dirección a los policías, no del todo seguro aún de que todo aquello ocurría de veras.

—Ellos... Yo... Nosotros... He sido yo quien ha encontrado las piedras, las trece piedras del bosque.

—Tal como dijiste entonces —contestó su padre en voz muy baja.

—¡Cuántos huesos, Dios mío! —exclamó su madre con un suspiro, con el rostro preñado de tristeza.

Su padre cerró los ojos.

—Por lo menos... ahora podrán descansar. Aunque, aunque... —Dejó que sus palabras se perdieran y apretó con fuerza los hombros de Bryan—. Bueno, mejor esto que no saber...

—Sí, es mejor —admitió Bryan.

Los tres permanecieron bajo la lluvia observando el trabajo de los policías. No tenían la impresión de que aquello fuera un final, más bien era una pausa para tomar aliento antes de emprender un nuevo camino.

Este libro utiliza el tipo Aldus, que toma su nombre
del vanguardista impresor del Renacimiento
italiano Aldus Manutius. Hermann Zapf
diseñó el tipo Aldus para la imprenta
Stempel en 1954, como una réplica
más ligera y elegante del
popular tipo
Palatino

* * *

* *

*

Las huellas del diablo se acabó de imprimir en un
día de invierno de 2006, en los talleres de Brosmac, S. L.
carretera Villaviciosa - Móstoles, km 1
Villaviciosa de Odón
(Madrid)

* * *

* *

*